「シェリル・ウェインライトが
狼族のアレンを助けに来たわっ！」
ウェインライト第一王女
シェリル・
ウェインライト
『光姫』。アレン、リディヤの王立
学校同期生。リディヤと互角の実
つ完全無欠の御姫様。
公女
Tutor of the His Im
家庭教師16
JN049451

「みんなには内緒ですよぉ？」
はいからメイドさん
リリー
リンスター公爵家メイド隊第３席。
普段はちゃらんぽらんだが、稀有
な才覚を持つ。使者に抜擢され、
アレンと共にララノアに派遣された。

「こ、これって、
ア、アレン様の……その…………」
白の聖女
ステラ
ティナの姉にして王立学校生徒会長。次期ハワード公爵。天使の力を手にして、アレンを助けるためララノアに同行した。

アレン商会番頭
フェリシア
たぐいまれな商才を持つステラやカレンの親友。アレンを支援するために、西方辺境伯との商談に臨む。
「わ、私の服、変じゃない？」

ティナの専属メイド

**エリー**

ハワード家に仕えるウォーカー家の跡取り娘で、ティナと共にアレンの指導でその才能を開花させたメイドさん。

「その質問……今朝から何度目？」

「フェリシアさん、とても格好いいです！」

アレンの義妹

**カレン**

実力で王立学校の生徒会副会長に上り詰めた狼族の少女。ティナやリィネ達にとって、もう一人の先生。

「アレンには『尻尾を巻いて逃げました』と
伝えておきます！」
「灰一つ残すつもりはないわっ！」

「精々俺を愉しませてくれよっ！
『剣姫』と『光姫』！」
アレンのかつての親友
ゼルベルト・
レニエ
王立学校時代、アレン唯一の同性
の友人。ある事件で戦死したが、
半吸血鬼として蘇り、聖霊教使徒
第四席の座に就いた。

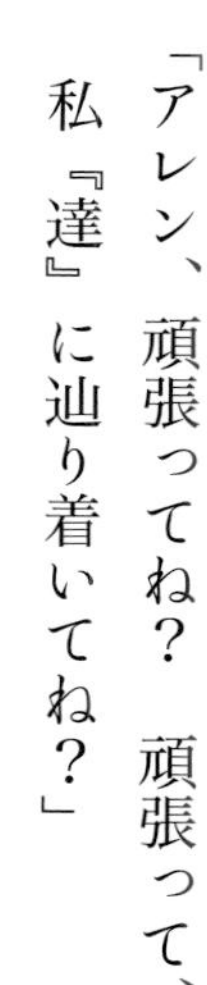




CONTENTS

Tutor of the
His Imperial Highness princess

聖霊教の頂点に立つ『聖女』

**偽聖女**

人々を慈しみ、数多の弱者を救う奇跡を起こしてきた。実態は獣耳と尻尾を魔法で隠した狐族の少女で、聖霊教の信徒達を嘲笑い、世界を憎悪している。アレンに尋常ならざる執着を持つ。

# 公女殿下の家庭教師16

## 世界欺きの偽神

七野りく

ファンタジア文庫

3377

口絵・本文イラスト　cura

# 公女殿下の家庭教師16

## 世界欺きの偽神

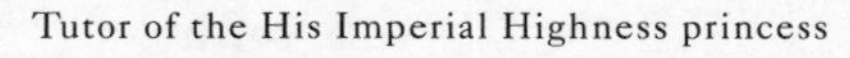

Tutor of the His Imperial Highness princess

The False God
that Deceives the World

# CHARACTER
登場人物紹介

『公女殿下の家庭教師』
『剣姫の頭脳』

**アレン**

博覧強記なティナたちの家庭教師。少しずつ、その名声が国内外に広まりつつある。

『アレンの義妹』
『王立学校副生徒会長』

**カレン**

しっかり者だが、兄の前では甘えたな狼族の少女。ステラ、フェリシアとは親友同士。

『雷狐』

**アトラ**

八大精霊の一柱。四英海の遺跡でアレンと出会った。普段は幼女か幼狐の姿。

『勇者』

**アリス・アルヴァーン**

絶対的な力で世界を守護する、優しい少女。

『ウェインライト第一王女』
『光姫』

**シェリル・ウェインライト**

アレン、リディヤの王立学校同期生。リディヤと互角の実力を持つ。

『王国最凶にして
最悪の魔法士』

**教授**

アレン、リディヤ、テトの恩師。飄々とした態度で人を煙に巻く。使い魔は黒猫姿のアンコさん。

『アレン商会番頭』

**フェリシア・フォス**

商会で辣腕を振るう。動乱の渦中で父のエルンストが行方不明に。

【双天】

**リナリア・エーテルハート**

約五百年前の大戦乱時代に生きた大英雄にして魔女の末裔。アレンへ、アトラを託す。

# CHARACTER

登場人物紹介

## 王国四大公爵家（北方）ハワード家

『ハワード公爵』
『軍神』

**ワルター・ハワード**

今は亡き妻と娘達を心から愛している偉丈夫。ロストレイの地で帝国軍を一蹴した。

『ハワード家長女』
『王立学校生徒会長』

**ステラ・ハワード**

ティナの姉で、次期ハワード公爵。真面目な頑張り屋だが、アレンには甘えたがり。

『ハワード家次女』
『小氷姫』

**ティナ・ハワード**

『忌み子』と呼ばれ魔法が使えなかった少女。アレンの指導により王立学校首席入学を果たす。

『ティナの専属メイド』
『小風姫』

**エリー・ウォーカー**

ハワードに仕えるウォーカー家の孫娘。喧嘩しがちなティナ、リィネの仲裁役。

## 王国四大公爵家（南方）リンスター家

『リンスター公爵夫人』
『血塗れ姫』

**リサ・リンスター**

リディヤ、リィネの母親。娘達に深い愛情を注いでいる。王国最強の一角。

『リンスター家長女』
『剣姫』

**リディヤ・リンスター**

アレンの相方。奔放な性格で、剣技も魔法も超一流だが、彼がいないと脆い一面も。

『リンスター家次女』
『小炎姫』

**リィネ・リンスター**

リディヤの妹。王立学校次席でティナとはライバル。動乱を経て、更なる成長を期す。

『リンスター公爵家
メイド隊第三席』

**リリー・リンスター**

はいからメイドさん。リンスター副公爵家の御嬢様で、アレンとは相性が良い。

# CHARACTER
登場人物紹介

**アンナ** ……………………………… リンスター公爵家メイド長。魔王戦争従軍者。

**シーダ・スティントン** ………… リンスター公爵家メイド見習い。月神教信徒。

**グラハム・ウォーカー** ………… ハワード公爵家執事長。

**テト・ティヘリナ** ……………… 『アレンの愛弟子』。
教授の研究室に所属する大学校生。

**レティシア・ルブフェーラ** …… 『翠風』の異名を持つ伝説の英雄。王国最強の一角。

**リチャード・リンスター** ……… リンスター公爵家長男。近衛騎士団副長。

**賢者** ………………………………… 大魔法『墜星』を操る謎の魔法士。

**アリシア・コールフィールド** … 『三日月』を自称する吸血姫。

**イオ・ロックフィールド** ……… アリシアに次ぐ聖霊教使徒次席。

**ヴィオラ・ココノエ** …………… 偽聖女の忠実な僕。

**ローザ・ハワード** ……………… ステラ、ティナの母親。故人。多くの謎を持つ。

**アーサー・ロートリンゲン** …… 『天剣』。ララノアの英雄。

**リドリー・リンスター** ………… 『剣聖』。リリーの兄。

**リル** ………………………………… 西の魔王。

# プロローグ

「聖霊騎士団には他の重要な任がある。命を待て」

「使徒殿！　我等にもララノアへ出陣命令を!!」

「外周部が薄い。探知に長けた者を増やせ」

「イーディス様、明日の警備体制です！」


古城の質素な廊下を進む私――聖霊教使徒末席であるイーディスは、次々と報告や嘆願をしてくる騎士達へ指示を出していく。

聖霊騎士団領が本拠地、その中枢である聖域であろうと多忙さは変わらない。

だが――先日来この地に滞在され、多くの者を癒され続けておられる聖女様の御負担を、少しでも軽くするのが私の使命なのだ！

誇らしさでフード下の獣耳が無意識に動いた。

聖堂へと続く石廊を目視し、私は左手を掲げる。

「此処までだ。以後は後で聞く。各々最善を尽くせ」

『はっ!』

聖霊騎士達が唱和し、去っていく。私は窓硝子に手を添えた。

空に閃光が走り、凄まじい雷鳴。

……騎士達の訴え、分からなくもない。

技量に懸絶した差のある上位使徒達はともかくとして、ララノア共和国で行われている作戦には、使徒第五席のイブシヌルと第六席のイフルが参加している。

私とて戦場に立てばあの二人等には負けぬっ。

聖女様や使徒首座アスター殿に今一度、ララノア行きを嘆願すべきだろうか?

「イーディス様」

物思いにふけっていると、背中から緊張が隠せていない少年の声に呼びかけられた。

窓硝子から手を外し、振り返る。

「使徒候補イライオス——『儀式』の後遺症で臥せっていたのではなかったか?」

平伏していたのはフード付き灰色ローブを身に纏った鼠族の少年だった。

洗礼を受ける前の名はクーメ。

ウェインライト王国の東都に住まう獣人族、その中で聖女様への献身に目覚め、オルグレン動乱の際には様々な手引きを行った鼠族の長ヨノの息子だ。

本人の才と魔力は凡庸だが——この者の価値は別にある。

「多少痛みますが矮小な我が身です。問題はありません……こちらを」

そう返答し、平伏したままイライオスは書簡を差し出した。

遜った物言いだが、聖霊教内では依然として獣人が蔑まれているからであろう。

私は書簡を受け取り、素早く確認する——ララノア共和国の首府、工房都市『タバサ』に先発しているヨノと猿族族長のニシキからの書状のようだ。

新使徒第四席ゼルベルト・レニエの署名もある。

報告内容は詳細だった。

『天剣』アーサー・ロートリンゲン、『剣聖』リドリー・リンスター、『欠陥品の鍵』——忌々しい狼族のアレンが、工都の大鉄橋にてイブシヌル、イフルと交戦したこと。

その際、『蘇生』『光盾』『水崩』『墜星』という四つの大魔法だけでなく、魔獣『針海』の一部をも移植されたジェラルド・ウェインライトを投入するも撃破されたこと。

ほぼ同時刻に——聖女様付従者のヴィオラ・ココノエ殿と使徒第三席レヴィ・アトラス殿率いる別動隊が、ララノアを百年の間支配するアディソン侯爵家を強襲。

封印の要であった魔剣『北星』を奪取したこと。

そして――【英傑殺しの氷龍】の復活。

計画の第一段階は成功だ。書簡を丁寧に畳み懐へと納める。

「流石は首座殿の策だな。オズワルド・アディソンも自らが保護した娘が――イゾルデ・タリトーが信心に目覚めていたことには気がつかなかったか。百年前に放棄されたという旧都へと後退し、再戦を期そうとするのも予想通りだ」

「はい。ただ……王国側の動きに警戒が必要だ、とアスター様は仰っていました」

イライオスの言葉を受け、私は強い不快感で顔を顰める。

脳裏に北方ロストレイの地で対峙した、ステラ・ハワードの整った顔が浮かぶ。

あの女めっ！

『欠陥品の鍵』の教え子であるとの報は聞いていたが、よもや『公女殿下』という地位にありながらララノアへ随伴し、禁忌魔法『故骨亡夢』を浄化魔法で妨害しようとはっ！

私が戦場にいれば、好き勝手はさせなかったものをっ!!

しかも――**『復活せし【氷龍】は未知の氷魔法により凍結せり。術者不明』**だと？

百年前の建国戦争の折、敵味方問わず数多の英傑を喰らったと伝え聞く、絶対の氷耐性を持つ伝説の龍が凍結させられるとは……彼(か)の地で何があったというのだ。

私は疑念を抱いたまま使徒候補へ伝達した。

「聖女様に書簡をお渡しする。イライオス、お前もついて来るがいい」

荘厳(そうごん)な礼拝堂の入り口前には、白髪白髭(しらひげ)の老騎士が直立不動の姿勢で佇(たたず)んでいた。

聖霊騎士団団長『不屈』のデール。

聖女様への崇敬極めて篤(あつ)く、信頼できる老人だ。

周囲の騎士達も、立ち振る舞いからして選(え)りすぐりの精鋭なのだろう。先だって、聖女様が癒された女騎士の姿もある。

いち早く私達に気付き、老騎士が白い眉を動かす。

「これはイーディス殿」

「聖女様に火急の御報告がある。治療は終わられているだろうか？」

「はい、つい先程。今は静かに祈られておられます」

老騎士は静かに回答し、騎士達は左右に整列した。

重厚な扉にかけられていた結界が解放されていく中、私は指示を出す。

「我等が出て来るまで中には誰もいれるな」

『はっ！　使徒イーディス様っ‼』

聖霊騎士達が高揚した様子で一斉に唱和した。

——この者達は私が半人半魔の元戦闘奴隷であることを知らない。

栄えある使徒の正体を知った時、どのような顔をするのだろう。

妄想を弄び、私は短く応じた。

「聖霊騎士の献身に感謝する」

堅固な扉を通れる分だけ開くと、眩い光が目に飛び込んできた。

その下で両膝をつき、祈っておられる尊き少女の御姿に身が引き締まる。

イライオスへ扉を閉じるよう手で指示をし、私は片膝をついた。

「聖女様、祈りの時間に申し訳ございません」

フード付き純白ローブを身に着けられた我等の救世主様が気付かれ、振り向かれる。

「イーディス」

そして、誰よりも美しく微笑まれ、私へ近づいて来られた。

「！　せ、聖女様⁉」

白い手で頬を撫でられ、カッ、と身体が熱くなり震えてしまう。

そんな情けない私を見て、聖女様はくすりと笑われた。

「また怖い顔になっていますよ？　さ、笑ってください」

「は、はい……」

この御方には敵わない。

頬から手が離れ、ホッとしつつも同時に寂しさを覚えた私は、そんな大それた気持ちを誤魔化し、頭を垂れ書簡を差し出す。

「ララノアの最新報告です。お読みください」

「ありがとう。貴女の表情からして――成功も失敗も、ですね？」

聖女様の少しだけ困ったような声色が耳朶を打つ。

私はステラ・ハワードに脳裏で呪詛を吐いた。今度会った時は殺す。必ず殺す。

――左肩に温かさ。

ハッとして顔を上げると、聖女様が手を置いてくださっていた。

「だけど、きっと全てうまくいきます。……貴女達には負担ばかりかけてしまっていて、本当に心苦しいですが」

「そんなことはっ！」

言った拍子にフードが外れ獣耳と角が露わになった。羞恥心が襲い掛かり、顔を伏せる。

わ、私は聖女様の前で何を！　何をっ⁉

「し、失礼致しました。ですが、そのようなことはございません。聖女様にお仕えするのは我等の誉であり、全てなのです」

雲が晴れ、聖堂内が暖かい陽光によって満たされていく。

聖女様が膝を曲げるのが分かった。

「ありがとう、イーディス」

顔を上げると、手を取られる。

フード脇の長く美しい灰白髪が光り輝いた。

「私に出来ることは多くありませんが、その言葉で明日からまた頑張れます」

「……勿体ない、御言葉です………」

両の瞳から涙が零れ落ち、視界が霞む。

この御方の為ならばっ！

聖女様が立ち上がられ、扉前で平伏し続けている鼠族の少年の名を呼ばれた。

「貴方はアスターに預けられていた――使徒候補のイライオス、でしたね？」

「！　わ、私のような者の名前を覚えて……？」

「『一度会った人を忘れないようにしよう』――小さい頃、そう教わったんです。よく書簡を届けてくれました」

聖女様が左手を軽く掲げられると、穏やかな光がイライオスの身体を包んだ。

「……痛みが消えた……？」

使徒候補がフード下の瞳を限界まで見開く。

『大魔法刻印の痛みは癒せない』――そう、教皇庁で散々教えられていたのだろう。

奇跡を起こされた、聖女様が胸のペンダントを握られる。

「大魔法をその身に宿すことは苦行です。しかも、『蘇生』『光盾』『水崩』『墜星』……そして、ラノアの『炎滅』。貴方は何れその身に五つもの大魔法を宿すこととなる。せめてこれ位はさせてください」

前『大魔法の保管庫』ジェラルド・ウェインライトは大した男だった。

あの者がいなければ、『蘇生』『光盾』の残滓を、使徒候補達や一部の聖霊騎士達へ効率的に刻印することは難しかっただろう。

イライオスは、そのジェラルドを超える親和性を持っているのだ。

聖女様が使徒候補を称揚される。

「故郷である東都を捨ててまで、聖霊教信徒となってくれた貴方の献身を私は忘れません。これからも力を貸してください。ヨノとニシキにも伝えておいてください」

「………」「……イライオス」

呆然(ぼうぜん)とし応えない使徒候補の名前を冷たく呼ぶ。

聖女様に忠実なヴィオラ殿やレヴィ殿がおられたら、首が飛んでいる。

「！　は、はい……す、全ては聖女様の御為に！！！！」

ようやく我に返ったイライオスは、身体を震わせながら頭を床にこすり付けた。

微(かす)かに……ほんの微かに、瞳の奥に恐怖の色が感じ取れたような？

私が怪訝(けげん)に思っていると、聖女様が私の名前を呼ばれた。

「イーディス、貴女も一緒に祈りませんか？　この世界が少しでも良くなるように。イライオス、工都へ私の届け物と手紙も持っていってください。ヴィオラとレヴィ――レニエ。そして、もう一人の新しき使徒候補へ」

＊

「ふむふむ～なるほど♪　ん～？」

月光が差し込む聖堂内で書簡を読んでいた私は独白し、小首を傾(かし)げた。

先程まで『聖女様、どうかお休みになってください』と、泣きそうな顔で懇願し続けていた魔狼の少女の姿はない。

「イーディスちゃんはとっても可愛いけれど頑固〜。そこが可愛い〜♪」

出鱈目な歌を歌いながら、椅子へ書簡を放り投げる。

大きな姿見に長い灰白の獣耳と尻尾が映った。胸元のペンダントが弾む。

クルリ、と一回転し確認。

「此処までは予定通り——で、良いんですよね？　アスター」

「無論だ」

空間に黒花——転移魔法陣が出現し、感情のない男の声が返ってきた。

現れたのは三人。

使徒首座にして私の共犯者、蒼眼を持つ『賢者』アスター・エーテルフィールド。

長い黒銀髪と銀眼が印象的な『三日月』吸血姫アリシア・コールフィールド。

白髪に金の瞳。華奢な肢体の半妖精、使徒次席『黒花』イオ・ロックフィールド。

無表情なアスターと楽し気なアリシア。長距離転移の為にララノアから呼びつけられたらしい苛々した顔のイオ。三者三様の表情は見ているだけで楽しい。

蒼く縁どられた純白ローブを身に纏ったアスターが、木製の杖の石突きで床を叩いた。

「アディソンが王国と手を組もうと動くのも、『天剣』『剣聖』が立ち塞がるのも想定通り。植物魔法由来の結界術を操る獣人達を用い、『炎滅』の回収も進めさせている」

「彼に邪魔されるのも？」

些末な話なんかどーでもいい。

鼠と猿が届けてきた書簡に書かれていた内容で、重要なことは唯一つ。

『完全氷耐性を持つ【氷龍】を凍結させた未知の魔法士』

そんな人はこの世界に私のアレンしか存在しない。

「……瑕疵はない。獣人族達を総動員すれば許容範囲の遅延だ。イオ」

「『天剣』も『剣聖』も想定よりやる。交戦していない『天賢』の底は見えんが、下位使徒如きでは歯が立つまい。『欠陥品の鍵』も……魔法制御だけならば大陸でも十指に入る。想定になかったハワード姉妹とリンスターの娘も侮れん」

アスターに話を振られた小柄な魔法士は八片の黒花の髪飾りがついた白の魔女帽子の縁に触れ、同色の魔法衣を手で払った。金属製の杖は浮遊し、時折回転している。

人族や長命種達の時代よりも遥か昔——世界を制覇していたという冷徹な妖精族の血を

濃く受け継いだのか、普段は傲岸不遜なイオも戦況分析は正確だ。

「ふ～ん……何だか楽しそうね。ヴィオラちゃん達だけだと大変なんじゃない？」

黒傘を回転させながら、アリシアが会話に加わってきた。漆黒の帽子とドレスが綺麗だ。

この創られた吸血姫は、アレンのことを評価してくれるので私のお気に入りでもある。

生前は良い子だったのだろう。

だからこそ——姉が血河で戦死した後、アスターに引っかかってしまったのだけれど。

「手の者より報告があった。『皇都の勇者に動きあり』——彼奴は予定通り【氷龍】の存在を知ったのだ。遠からず、厄介極まりない八大公筆頭は彼の地を離れるだろう」

野望持つ使徒首座が蒼眼を鋭くした。

十四年前にしくじったことを、この人は根に持っているのだ。

出会った時からずっとそう。自分に対し絶対の自信を持ち過ぎている。

——だからこそ、とても嵌めやすい。先生もそう言っていた。

私は内心の嘲りを噯にも出さず、心にもない懸念を口にする。

「でも、【氷龍】が復活する前に倒されてしまったら……」

「レニエに全て差配させている。億が一、お前の懸念が当たったとしても——代替の『贄』により、我が計画【英雄創造】は為ろう。幸い、媒介も余る程あるしな」

案の定、アスターは否定してきた。フフ、分かり易〜い。

あの人が——私のアレンが創られた龍如きを倒せない筈ないのに。

鼠と猿は何れ私が始末しようと思っていたから、少し残念だけど。

イオが肩を竦め、アリシアは心底残念そうに零す。

「……ふんっ」「あら、残念だわ」

使徒首座が聖堂内を歩き始めた。考えを纏める際の癖なのだ。

「龍を撒き餌とし、厄介極まる『勇者』と大陸西方で健在な『花竜』『水竜』の耳目を引き付け、【英雄】にぶつけ——我等はユースティン帝国皇都を奇襲。十数年前に奪い損ねたアルヴァーンの禁書を奪う。工都の『儀式場』は捨てるに惜しいが……」

遥か古の時代——『勇者』『賢者』『騎士』『聖女』が中心となり、世界各地に造られた『儀式場』は全部で七ヶ所とされているものの、大半は死んでいる。

懸念を振り払うかのように、アスターが再び杖の石突きで床を叩いた。

「伝承によれば、あの場所では【氷龍】を創り出す神代の呪術が使われ、以来『黒扉』のある奥底に立ち入ること能わず。アディソン家当主も建国戦争後に呪死している。『炎滅』と【宝玉】の花宝珠、新たな『保管庫』が手に入ったことで満足すべきであろう」

アスターが大袈裟に手を広げる。

一見普段と変わらぬようだが——蒼眼にははっきりと高揚が見て取れた。

「我等はシキが遺せし、『最終儀式場』を押さえれば事足りる。その為にも、アルヴァーンの禁書が必要なのだ！」

私の共犯者は賢く、悪辣で、目的の為ならば手段を選ばない。

空中のイオが魔杖を手にし、横に振った。

「【氷龍】の封印を解いた段階で、我等は既に大局で勝っている。現れた途端、盤面全て崩壊させる、王都襲撃以降は行方知れずの『黒竜』でも来ぬ限り——問題はあるまい」

「うわ～アスターちゃん、性格悪い～★　私は愉しめそうだけど」

アリシアがクスクスと嗤い、銀眼を瞬かせた。

皇都にいるのは、先代『勇者』オーレリア・アルヴァーンとその一族。ユースティンの老元帥『陥城』も参戦してくるかもしれない。紛れもなく強敵だ。

黒花の転移魔法陣に歩を進め、アスターは振り向かないまま私へ指示を出す。

「此方は貴様に任せる。吉報を待て。……『儀式場』奥の『黒扉』には手を出させるな。星が終わりかねぬ」

「は～い♪　行ってらっしゃい★」

三人の姿が消え、聖堂内で私は独りになった。

——『黒扉』には手を出すな。

アスター、貴方はとっても賢いけれど人を見る目はないですよね、出会った時から。

知ってます？　私、アレンになら幾らでも利用されてもいいですけど、貴方に利用されるつもりはこれっぽちもないんですよ？

嗤っていると、足下の影が大きく膨らみ吠えた。

——巨大な四肢。鋭い牙と爪。蝙蝠のような三翼。今日もこの子は元気だ。

椅子に腰かけ、足をブラブラさせながら呼びかける。

「ねぇ～？　『貴方』にお願いがあるの。聞いてくれる？」

瞬間——無数の闇の槍が私へ襲い掛かるも悉くが石化。崩れ落ちていく。

闇槍を阻んだ『石蛇』の紋章が浮かび上がった両手を叩き、私は歌う。

「ウフフ♪　ダメだよぉ？　私『達』ね……あの人を馬鹿にされて、今不機嫌だからぁ」

幾ら『貴方』でもすぐ殺したくなっちゃうよ？

波を打っていた『影』に無数の黒茨が絡まりつき、やがて凪となる。

ちょっと乱暴だけど、聞き分けの良い子だ。

頬に両手をつけ、身体を揺らす。

「嗚呼、嗚呼、嗚呼！　アレンに会いたいなぁ。今すぐ会いたいなぁ。私からの『贈り物』を早く受け取って欲しいなぁ★　ウフフ……きっと、喜んでくれるだろうなぁ」

アスターは長生きだ。賢いし、強くもある。

だけど——所詮は人に過ぎない。全てを知ることなんか出来やしない。

各地の『儀式場』は『何』の為に、『誰』の為に造られていたのか？

中央府では『竜』を。水都では『世界樹』を。王都では『天使』と『悪魔』を。

じゃあ、工都は？　憐れな龍？？　まさか！

胸のペンダントを握り締め、私は天窓の月と星を眺め呟く。

「アレン、頑張ってね？　頑張って、私『達』に辿り着いてね？？　もし、貴方が『彼女』に負けてしまえば……」

その時点で世界は滅びてしまうだろうけど。

恍惚とした私の呟きは、闇の静寂へと消えていった。

# 第1章

目的地の高台まで延々と続く路地裏の坂道を、私——リンスター公爵家次女のリィネは身体強化魔法に物を言わせて駆け上がっていきます。赤髪やスカートの裾が心地よい風に靡(なび)き、腰の片手剣と短剣が音を立てますが、気にしてはいられません。

兄様こと『剣姫の頭脳』の異名を持つアレンに頼まれた、『月神教礼拝堂跡地』の調査中だということもありますが——何よりこれは勝負。

建物と建物の間から、南都の絶景が目に飛び込んできて足を止めたくなりますが、全部後です。月神教について調査していた、侯国連合のカルロッタ・カーニエン侯爵夫人を南都へ護送する為、水都へ赴かれたテトさん達にも良い報(しら)せをしたいですし！

石畳を蹴り、更に風魔法で加速します。歴代のリンスター公爵が膨大な予算と時間をかけて整備してきた、白石が特徴的な南都の道路は走り易く快適です。

今日は、うちのメイド隊第三席のリリーが普段『メイド服ですぅ！』と言い張っている、濃淡の紅色で矢の紋様が重なった遥か東の国の衣装に長いスカート、足には革製のブーツを履いているのですが、不便さは一切感じません。

兄様も水都で褒めてくださいましたし、本気でもう一つのメイド服になるかも？

「リ、リィネ御嬢様、お、お待ちくださいぃぃ～！」

坂道に着地すると、後方から泣きそうな女の子の声が聴こえてきました。

陽光を煌めかせる茶髪を二つ結びにした小柄なメイド見習い、シーダ・スティントンが必死に私を追いかけています。

「シーダ、さっき四人で決めたでしょう？　『下位二人は一位の言うことを常識の範囲内で何でも聞く』って。頑張りなさい」

「そ、そんなぁ。つ、月神様、どうかご加護を～……」

少女は胸元の紋章を握り締めました。シーダは大陸の極一部で信奉される月神教の信徒なのです。

直後――小さな石門を潜り抜けると視界が大きく開けました。

「「わぁぁぁ～」」

私とシーダは絶景に感嘆を漏らし、立ち止まってしまいます。

色とりどりの屋根。白石が眩しい整備された大通りや路地に街路樹の緑。

多くの坂と、まるで段々畑のように築かれた建物達は何度見ても興味深いものです。

今度の長期休みは兄様やティナ達と見に来ようかしら。

そう思った――正にその時！　後方の樹木が音を立てました。

「「っ⁉」」

驚き、手を取り合ってしまった私とシーダに対し、前方の道へひらりと着地した長い乳白髪のメイド――リンスター公爵家メイド隊第六席のシンディがニヤリ。

「フッフッフッ……絶対に此処で止まると思っていました。私は南都の路地裏育ちっ！　御屋敷育ちのリィネ御嬢様やシーダちゃんには負けません★」

「シ、シンディっ⁉」「ま、まだまだ、ですけど……でも！」

全然仕掛けて来ないと思っていたのよっ。

乳白髪のメイドは髪についた葉を取り、スカートの両裾を摘まむと優雅に会釈。

身体強化魔法を重ね掛けするや大跳躍し、列なる建物の壁を駆け始めました。

「ではではお先で～す♪」

「くっ！」「うぅ～！」

慌ててシーダと後を追いかけますが、一向に距離が縮まりません。

もう一人の競争相手は姿を見せませんが……このままでは。

「こ、こうなったらっ！」

右手を握り締めると炎片が舞い始めます。

郊外へと向かうこの路地に人気は極めて疎ら。燃え易い木造の建物も無し。

——驚かせて、逆転するしかっ！

すると、シンディが石廊の天井を駆けながら器用に振り返りニヤニヤ。

「おや〜？　おやおや〜？　おやおやおや〜？　リィネ御嬢様、よろしいんですかぁ？」

「な、何が、よっ！」

「こちらーを★」

乳白髪メイドは空中で一回転して地面へと着地。髪飾り型の通信宝珠に触れました。

「**『危ないし攻撃魔法は禁止にしましょう。使った時点で最下位ね』**」

競争開始時に告げた私の声が再生されます。

「っ！」

動揺の余り、炎魔法が霧散。「きゃう」後ろのシーダが可愛らしい悲鳴をあげましたが、
それどころじゃありません。

「シ、シンディ……貴女、何時の間にっ！」「メイドの嗜みなので〜♪」

一切疲労した様子のない快活メイドは細い指を顎につけました。

高台までもう少しです。

「ん〜とぉ……言い出しっぺのリィネ御嬢様が破られるのを知ったら、きっとアレン様は悲しまれますね〜。『家庭教師である僕の教え方が悪かったんです。公女殿下、の敬称を受ける子がそんなことをするなんて……。シンディさん、報せてくれてありがとうございました。御礼(おれい)に商会の書類仕事を半分にしますね』ってぇ♪」

「こ、後半は自分の願望じゃないのっ！」

兄様っ！　どうしてこの子を私の護衛に指名されたんですかっ⁉

納得が――いいえ、嫌いというわけではないんです。メイドのみんなは家族ですし。

だけど、ちょっとだけ厄介というか。

「はぁはぁ……で、でも」「「？」」

息を切らしながらも、シーダが会話に加わってきました。

「今の言い分だとっ、はぁはぁ……シ、シンディ様は、アレン商会の御仕事に不満がある、という意味にも取れると、思う、んですが……？」

「はうっ⁉」

余裕綽々(よゆうしゃくしゃく)だった乳白髪のメイドが急停止。

この場にいない兄様と敏腕番頭のフェリシア・フォスさんへ弁明を開始します。

「ち、違いますっ！　違うんですっ‼　商会の御仕事に不満なんてありませんっ‼　アレン様が毎回差し入れて下さるお茶やお菓子はと～っても美味しいですし、フェリシア御嬢様は可愛らしくて和みます。ただ、書類仕事の量がですね――」

「でかしたわ、シーダ！」

兄様は毎回お茶やお菓子を差し入れている――王都へ戻り次第、問い詰めなければならないことを脳裏にメモしつつ、私はシーダを激賞し動揺するメイドを抜き去りました。

「あ～あ～あ～！　い、今のはズルいと思うんですがぁぁ！」

「油断する方が悪いのよっ！」

乳白髪のメイドは「うぅ～」と呻き、ポツリ。

「今の言い方、アレン様やリディヤ御嬢様そっくりでした」

兄様と姉様にそっくり――悪くないわね！

丘までもう指呼の間。勝利は目前です。

「誉め言葉として受け取っておくわ。勝負は私の――」

「あ、そう言えば、商会の仕事中ってアレン様とお喋りしながらするんですが、よく家庭教師のお話をされるんですよね～。『今日のティナとエリーは凄かったんです』とかー

『ステラとカレンもどんどん成長していて、嬉しいです』とかぁ～」

「……シンディ」

駄目よ、リィネ！　これは見え透いた罠っ‼

無視して丘まで駆け抜ければ勝利は――あ、あれ？

気付けば私の身体は勝手に反転し、乳白髪のメイドの前に立ち塞がっていました。

「さぁ白状しなさい！　兄様は私のことは何て言って――」「**二度目の隙ありっ！**」

答えを聞く間もなく、私の脇をメイドが通り抜けます。

先頭はシーダ。次いでシンディ。そして――最後尾が私です。

穴が空く勢いで地面を蹴り上げ、背中を追います。

「**シ〜ン〜ディ〜！！！！！**」「お願い、楽しみです♪」

ま、まずい。まずいです。こ、このままじゃ……。

けれど、もう追いつくだけの距離はなく――目的地である、かつて姉様が祈りを捧げられていた、苔生す月神教礼拝堂跡地も見えてきてしまいました。

坂道を駆け上がると、

「へぅ⁉」「ぶふっ」「……えっ？」

私達の眼前を黒鳥達が掠めていきました。い、今のって……。

「お疲れ様です、リィネ御嬢様。シーダもよく頑張りましたね」「⁉」

優しく穏やかな女性の声が耳に届き、次いで乾いた布と水筒が手渡されます。

礼拝堂前には、耳が隠れる程度の黒髪に灰鳥羽交じり、凛とした鳥族のメイド――シンディと二人一組で第六席を務めているサキが佇んでいました。汗一つかいていません。

――誰よりも早く到着していたのっ⁉

驚愕する私とシーダを後目に、同じ孤児院で育ったというシンディが唇を尖らせます。

「サキちゃん、酷いよぉ。今の反則じゃないの～？」

「魔法生物も禁止とは言われていません。まったく大人気ない。いいですか？　私達はあくまでもリンスター公爵家にお仕えするメイドであって――」

お小言を始めたサキを見つつ、汗を布で拭っていると、以前メイド長のアンナが言っていたことを思い出しました。小さい頃のサキは南都の路地裏を駆け回っていたんですよ。

……人に歴史あり、ね。

目線を向けていると、サキは私に気付き照れくさそうな咳払い。

「コホン――お待たせ致しました。では、参りましょうか。リィネ御嬢様とシンディへの『お願い』は道中で考えます」

月神教礼拝堂跡地は、以前来た時よりも不気味な印象はありませんでした。

あの時はオルグレンの動乱に巻き込まれ、兄様が行方不明になられた直後で……気が動転していたのも大きいかもしれません。夜でしたし。

ズンズンと進みながら、三人へ愚痴を零します。

「――つまりね？　最近の姉様は凄く大人びたと思うのっ！　今回もララノア共和国へ付いて行かれなかったし。ステラ様とフェリシアさんは積極的で、カレンさんも髪を伸ばしているし、ティナとエリーも兄様に甘えるのが上手いわ。リリーなんて実家まで動かして使者よ？　私だけ、出遅れている気がするの」

兄様は現在、親友のティナとステラ様、使者役に抜擢された従姉のリリーと一緒に王国北東、大陸最大の塩湖『四英海』を越えた先にあるララノア共和国へ出向かれています。

オルグレンの動乱以降、定まっていなかった講和交渉とされていますが――その真の目的は昨今、大陸西方を揺るがす聖霊教に対する大同盟締結。

『剣姫の頭脳』『アレン商会会頭』『流星』『水竜の御遣い』『王女殿下付直属調査官』。

同盟が成立したら、今度はどんな称号が兄様に加わるんでしょうか。

「えと、えと……月神様、こういう時はどうやってお声がけすれば……」

シーダが困り顔になる中、日傘を私へ翳しサキが応じてくれました。

「アレン様はリィネ御嬢様を軽んじられてなどおられません。南都の私にもわざわざ御手紙を下さいました。『リィネをどうかよろしくお願いします』と」

「！　兄様が？」

「はい」「あ……わ、私も御手紙を……」

私が詰め寄るとサキは大きく頷き、シーダもおずおずと左手を挙げました。

兄様はとにかく御多忙です。

私やティナ、エリー、ステラ様の家庭教師。商会の会頭としての御仕事。

教授、学校長といった方々のお願い事や、難解極まる数多の調査――。

なのに、私の為にサキやシーダへ手紙まで書いてくれていた。

「――……えへへ♪　兄様ったら」

私が上機嫌になっていると、普段元気過ぎる程元気なシンディが離れていき、石柱近くにしゃがみ込み、指で地面を弄り始めました。どんよりとしています。

「…………私、お願いされてなーい…………」

「シ、シンディ、あ、あのね」「えっと、あのその……」

私とシーダはあたふた。かける言葉がすぐに見つかりません。

すると、サキが呆れたように告げました。

「南都の御屋敷に手紙が届いています。御部屋のテーブルに置いておいたでしょう？」

「……シンディ？」

私が視線を向けると、乳白髪のメイドはピタリ、と指で弄るのを止め、

「昨日の夜は王都に来てない元水都組のみんなと夜更かししたからぁ♪　あ！　私、先を偵察してきまーす☆」

あっさりと復活し、脱兎の勢いで駆け出しました。まったくもうっ！

ただこういう所……ティナやリリーと少し被るんですよね。憎めません。

表情からすると、サキやシーダも同じ気持ちのようです。

そのまま進んで行くと、片方が外れた石製の大扉前でシンディは待っていました。手で来るように指示を出してきたので、二人と共に近づきます。

「リィネ御嬢様、先客みたいです」

かつては八本の石柱に支えられていただろう礼拝堂、その中央で祈っていたのは、フード付き外套姿の長身女性でした。足下に質素な花束が供えられています。

その背後には、古い槍を持つ同じ外套を羽織った白髪の少年が佇み、周囲を警戒しているようです。女性の護衛なのでしょう。だけど……こんな所にどうして人が？

私はメイド見習いの名前を呼びます。

「シーダ、知り合い？」

「い、いいえ。つ、月神教の礼拝は夜なので……」

様子を窺っていると、女性は少年に話しかけ、踵を返しました。

フード脇から覗いたのは漆黒の髪に白鳥羽交じり。黒真珠の如き瞳には強い感情が見て取れます。……兄様に少し似ている。

鳥族の女性は私達に気付くも一切動じず、すぐ会釈し脇を通り抜けていきました。

素直な感想をポツリ。

「凄く綺麗な人だったわね」

「は、はい。でも、信徒の集まりで見たことは…………」

シーダが胸元の紋章を握り締めます。

緊張を帯びていた空気がようやく緩み、サキが親友兼幼馴染に確認します。

「……シンディ、今の黒髪の女性って」「うん、アレン商会の資料で見たよー」

「二人共、あの人が誰だか心当たりがあるの？」

私だってリンスター公爵家の一員です。南都で名を成した人物ならば、大概は会ったことがあると思うのですが……。

サキが真剣な表情で教えてくれます。

「リィネ御嬢様。あの女性は『天鷹商会』の会頭です」

「！　『天鷹商会』の会頭って……表舞台には出てこないことで有名な⁉」

珍しく真面目な顔になったシンディも首肯します。

「謂わずと知れたグリフォン便の総元締めですね〜。隣にいた猫族の男の子の魔力も昔何処かで……。世界って広いんだか狭いんだか分からなくて困ります」

「………はぁ」

南都へ帰って来たと思ったら、遭遇したのが謎多き巨大商会の会頭？

奇縁……いえ、これもまた『兄様絡み』と捉えるべきなのかもしれません。

何となくですが、また近い内にあの会頭さんとは会う気がします。

気を取り直し、私は手を叩きました。

「今はこの場所を調べましょう。私達に分からなくても、遅れてやって来るニコロ・ニッティなら何かを見出すかもしれないわ。シーダ、気付いたことがあったら遠慮なく口に出しなさい。——そこの花束には触れないようにね」

＊

「物資搬入はどうなってる！」「違う違う！　そこは別部隊の陣地だ‼」「アーサー様、アーサー様は何処か⁉」「誰か、エルナー様を宥めてくれ」「嗚呼、ステラ公女殿下……聖女様は今日もお麗しい」「天使様だろう?」「見解の相違だ」「不要な廃墟の解体を急げ!」

つい数日前まで荒れ果て、一部は草に覆われた大通りをララノア共和国軍の将兵や書類を抱えた文官達、工都を命からがら脱出してきた住民達が行き交っている。

顔見知りになった人々の中には「アレン殿、この外郭陣地についてなのですが……」「ティナ公女殿下、先日は部下の治療、真に有難うございました!」と助言を求めてきたり、仰々しく敬礼してくれるのがこそばゆい。

――此処はララノア共和国の首府、工房都市『タバサ』西方郊外。

約百年前の建国戦争、その最終決戦場となり以来放棄されていた旧都だ。

青空の下、そこかしこで将兵達によって邪魔な廃墟が撤去され、一部の跡地には攻城用魔法を応用し簡易な家屋が次々と建てられていく。

「先生、凄いですね! 新しい街が生まれているみたい」

左隣を歩く、薄蒼の白銀髪に髪飾りを着けた小柄な少女――ウェインライト王国四大公爵家の一角ハワード家次女で、僕の教え子でもあるティナが感嘆を零し、その場で跳びはねた。左手に持つパン籠、白いブラウスの袖と蒼色のスカートが上下する。

建国の経緯から、王国四大公爵家の方々は『殿下』の敬称で呼ばれ、他国では『公王』と同じ家格となるのだけど、こういう時に見せる姿は歳相応の少女だ。

共和国を長年統治してきた建国の英雄家当主オズワルド・アディソン侯と講和交渉をすべく、工都へやって来ていた僕やティナ達、そしてアディソン侯率いる『光翼党』派が旧都へ撤退を余儀なくされたのは今から六日前。

恐るべき聖霊教使徒と結びつき、首府である工都を占領した、マイルズ・タリトーを首魁とする『天地党』派への反撃準備は着々と進行中だ。

アディソン侯は心労で臥せっておいでだが、ララノアの英雄『天剣』アーサー・ロートリンゲンと、『天賢』エルナー・ロートリンゲン姫の指揮能力は卓越している。

ただ、その反撃が本当に成功するかは未知数。

何しろ相手には伝説の怪物が……僕とティナが大精霊【氷鶴】の力を借り、辛うじて一時的に凍結させた【英傑殺しの氷龍】がいる。楽観は出来ない。

『銀氷が融け、【龍】が完全に復活するまで二週間』

何の因果か旅の道連れとなった、白猫のキフネさんを従える白銀髪の少女――魔王リルが三日前にくれた忠告が心をズシリと重くする。

……工都へ戻ると言っていたリルや王都からの連絡も一向にない。何とかしないと。

暗くなりそうな気持ちを打ち消し、僕はティナへ答えた。

「エルナー様の話だと、万が一に備えて事前準備はしていたそうです。工都を脱出した部隊だけでなく、アーサー指揮下の西部軍主力も集結しつつある、とも聞いています」

「共和国軍主力が、ですか……」

聡明なティナはそれだけで意味を理解し、息を呑んだ。

約百年前に北方の大国、ユースティン帝国からの独立を果たして以来、ララノア共和国は軍主力を常に対帝国戦線へ当てて来た。

その軍を動かす。次の戦いはより激烈なものとなるだろう。

歩を進めながら僕は嘆息した。

「アディソン侯が臥せっておられる以上、アーサーは最高指揮官です。今日も会えないかもしれませんね。リドリーさん達の件もあるので、話をしておきたかったんですが……」

『剣聖』リドリー・リンスター公子殿下とアディソン家長子のアーティは三日前に旧都から忽然と姿を消し、行方不明になっている。

二人目の内通者だったアーティの許嫁で、マイルズの娘であるイゾルデもだ。

『あの人がこんな場所で死ぬわけありません。あれでもリンスターですから』

行方不明の報せを受けた時に、正式な使者として僕達と一緒にララノアへやって来たリドリーさんの妹で、リンスター公爵家メイド隊第三席でもあるリリーさんが淡々と答えていたのを思い出す。無事だといいのだけれど……。

浅からぬ縁のある公子殿下を思っていると、ティナに手を握り締められた。

「先生。私がいます！」

少女の感情に呼応し、薄蒼髪と髪飾り、着けている純白リボンが魔力でキラキラと輝く。

――最初に出会ってもう少しで一年。敵わないな。

僕はティナの頭を、ぽん。

「頼りにしています。さ、行きましょう。ステラとリリーさんもお腹を空かせています」

「は～い♪」


治療所近くの広場へ差し掛かると、騎士達の一団とすれ違った。

装備の破損や汚れ具合からして、工都の戦いで負傷したらしい。

「良かったなぁ……良かったなぁ……」「聖女様がこの地におられたお陰で、どれ程の兵が救われたことか……」「本当に有難い」「ステラ・ハワード公女殿下の御名を讃えよ！」

今日も僕達の聖女様は頑張っているらしい。

ティナが誇らしそうに立ち上がった前髪を揺らした。

「御姉様、凄いです！」

「そうですね。そろそろ休憩の筈です。急ぎましょう」

「はーい」

薄蒼髪の公女殿下は軽く跳びはねながら、治療所へと向かっていく。

そんな小さな背中を見つめながら、僕は懐中時計へ視線を落とした。

『御父様の魔札が壊れる位の無茶をするなんて。……ねぇ、どういうこと？』

リディヤに怒られることは覚悟しないとなぁ。

言い訳を考えつつ歩いて行くと、土魔法と僕の植物魔法で補強を施した治療所が見えてきた。左右に開け放たれている玄関も木材を風魔法で僕が加工したものだ。

「ティナ御嬢様、アレン様、お帰りなさいませ」「食料品の回収は私共の仕事ですのに」

「ステラ御嬢様も休憩に入られました！」「これはアレン殿、ティナ公女殿下」

玄関から建物の中へ入り、先日の戦闘後、一部の方を除き集結したハワード公爵家のメイドさん達や、共和国の医療士官達へ挨拶をしながらティナと一緒に建物の奥へ。

……ここ数日で随分と顔を覚えられたな。

むずがゆい気持ちになっていると、隣の公女殿下がとても悪い顔になる。

「フッフッフ……計画通りです。治療所のお手伝いをしながら、御名前を言い続けた成果がこんなに早く出るなんてっ！」

「……ティナ」

「そんな御顔をしても、止めません～★」

小さく舌を出し、公女殿下は軽快に跳びはねて『診察室』と彫られた木札のかけられた部屋の前へと進み、丁寧にノックした。

「どうぞ」

すぐに穏やかな少女の声が返ってきたので、僕は扉を開ける。

白銀の薄蒼髪を空色リボンで結った少女——ティナの姉であり、僕の教え子のステラ・ハワード公女殿下が、椅子に座ったままふんわりと優しい笑みを浮かべた。

「アレン様、ティナ、お帰りなさい。丁度休憩に入ったところだったんです」

この白い軍装姿の次期ハワード公爵は、旧都へ撤退してからというもの、普通の治癒魔法では癒し難い重傷者を助け続けている。確かに聖女様だな。

僕とティナは運んで来た籠を机に置き、応じる。

「お疲れ様です、ステラ」「御姉様、パンや果物をたくさん貰ってきました！」

ティナがはしゃぎながら、パンや新鮮な果物を姉へ見せ始めた。

専属メイドのエリーや、親友のリィネがいないと、ティナはステラに結構甘えたがる。

そんなハワード姉妹を横目で見つつ、僕が簡易厨房で紅茶を淹れていると、入り口から黒リボンで長い紅髪を結ったリリーさんが顔を覗かせた。普段通り、矢の紋様が重なった遥か東国の民族衣装に長いスカート。革製のブーツを履いている。

「むむ～！　紅茶の良い香りですぅ。あ、ティナ御嬢様、オリーさんが呼んでましたぁ～。天候予測をしてほしいみたいです」

「？　オリーが？？」「あら？」

仲良くお喋りしていた、ティナとステラが同時にキョトン。

僕達に先んじてメイド隊を率いて共和国へ潜入し、諜報活動を行っていたハワード公爵家メイド隊第三席のオリー・ウォーカーさんは頼りになる人だ。

リリーさんと同じ席次だということもあってか、多少対抗心があるようだけれど、旧都へ退いて以降は二人で話している所をよく見かける。

スカートを手で整え、ティナが敬礼の真似っ子をした。

「先生、御姉様、ちょっと行って来ますっ！　リリーさん、案内してください」

「行ってらっしゃい」「紅茶を飲んで待っているわ」「え～私もですかぁ」

「問答無用ですっ！　ほらぁ～行きます、よっ‼」

ティナは、ソファーで寛ごうとしていた紅髪の年上メイドさんを両手で立たせ、背中を押して部屋を出て行った。あの二人も仲良しだ。

丁度良く茶葉を蒸らし終えたので、僕はカップへ紅茶を注ぐ。

「どうぞ」

「ありがとうございます」

ステラの前の椅子に座り、自分の分の紅茶を一口。

戦地とは思えない程、芳醇(ほうじゅん)な香りが鼻孔をくすぐった。王国軍程ではないにせよ、共和国軍も兵站(へいたん)を重視しているようだ。

カップをソーサーへ置くと、ステラが素直に妹への感謝を口にした。

「ティナが一緒にいてくれて良かったです。あの子の明るさに随分と助けられています」

「同感です」

当初ララノアへ来る予定だったのは、使者であるリリーさんと随行員の僕。そして、護衛役だった僕の後輩達、南都出身のユーリと西都出身のゾイ・ゾルンホーヘェンだった。

ティナ達は大精霊『氷鶴』とカリーナ・ウェインライト王女の警告を受け、無理矢理付いて来てくれたのだけれど、その判断は正しかったのだろう。

僕は少女の美しい瞳を真っすぐ見つめた。

「ステラ、体調の方は本当に問題ありませんか？　もし無理をしているのなら……」

「問題ありません。嘘でもありません。カリーナの髪飾りも助けてくれているので」

凛とした公女殿下の顔に嘘の影はない。

工都で僕と魔力を繋ぎ、背に純白の翼を顕現させて、万を優に超える骸骨兵達を浄化したことによる後遺症はなし。

——羽化、か。

王都西方郊外の教会で、落ち込むこの子を励ましたのが懐かしい。

「ですが——あの…………」

一転凛々しさを霧散させ、ステラが口籠った。

カップに砂糖を入れ、ティースプーンで掻き混ぜながら静音魔法を発動させ、呟く。

「こういう時に着る服の種類が本当に少なくて。カレンやティナ、リィネさんはリリーさんと色違いの服を持っていますし、私も王都へ帰ったら作ってもらおうと思っているんですが……ア、アレン様はどう思われますか？」

「ん～そうですねぇ」

妹達は水都で見せてくれた後も、リリーさんと色違いの服を時々着ている。

曰く——『着心地がとても良いんです！』。

お揃いの服を見せ合うハワード姉妹を想像し、僕は素直な感想を伝えた。

「ステラならきっと似合いますし、可愛(かわい)いでしょうね」

メイド服には見えないものの、リリーさんが普段着ている衣装は目を引く。

針仕事が趣味のフェリシアなら、もっと感想を出してくれるかもしれない。

胸ポケットから、以前僕が贈った蒼翠(そうすい)グリフォンの羽根を取り出し、ステラが楽しそうに意気込む。

「今、決めました。作ります。絶～対、作ります！」

純白の氷華(ひょうか)が舞い、背中には小さな天使の羽の幻が羽ばたいた。

聖女様をほんわか眺めていると、僕の袖を細い指で摘まんでくる。

「そうしたら……アレン様、一緒にお出かけをしてくださいますか？」

「また王都をゆっくりと出歩きましょう。学校をサボるのは駄目ですが」

「サ、サボりません！　えっと……」

「ステラ？」

少し怒った公女殿下は、上目遣いに僕の小指に自分の小指を絡(から)めてきた。

「約束、です♪　……えへへ。アレン様と二人きりでデート～」

公女殿下でも聖女様でもない。

やや幼い少女が心から幸せそうな表情ではにかみ、前髪を揺らす。

——わざとらしい咳払い。

「あ～うっほん。アレンの旦那、すまねぇな。いいかい？」

「ミニエーさん？」「！　あう……」

入り口の扉に背をつけていたのは、三角帽子を被り汚れた青の軍服を着て、腰に魔短銃を提げた若い男性士官——アーサーやアディソン侯からの信任篤きミニエー・ヨンソンだった。頼み事の返答を持ってきてくれたのだろう。

僕は頬を赤らめ指を抱えたステラへ、風魔法で微風を送りつつ目で先を促す。

「アーサーの旦那との会談の件なんだが……今日は無理だ。エルナー姫もな」

旧都へ後退後——共和国軍元帥でもあるラノアの英雄と、彼を支える旧帝国の姫君にして大魔法士様は混乱する軍の統率と情報収集、兵站確保に昼夜奔走している。

助けてあげたいけれど、あくまでも僕達は『敵国』の人間なのだ。無理も言えない。

「仕方ないですね。僕がアーサーと話をしたがっていると伝えて下さい」

「了解した。何かあったらすぐ報せる」

憂い顔のミニエーは申し訳なさそうに目礼すると、部屋を後にした。副長のスナイドルが一人目の内通者だったことに依然責任を感じているようだ。

「アレン様……」

ステラが不安を覗かせ――廊下からメイドさん達の歓声が聴こえてきた。

ティナが天候予測を披露したのだろう。すっと肩が軽くなる。

大丈夫、僕は一人じゃない。

自分のカップに砂糖を何時もより多めに入れ、目の前の公女殿下に提案する。

「ステラ、午後は僕も治療を手伝っていいですか？」

「！　え、えっ⁉　そ、それは……良いですけど……」

照れくさそうな少女の身体と前髪が左右に大きく揺れた。

「ふっふ～ん！　ティナ御嬢様は私と色違いの服を持っていますっ‼」『なっ⁉』

今度は廊下からどよめきがあがった。

次いで、リリーさんとオリーさんが仲良く口喧嘩を開始する。

僕は唇に人差し指をつけ、片目を瞑った。

「ありがとうございます。聖女様のお手並みを拝見しますね」

＊

「やっぱり突破するには戦力が足りない。かと言って、【氷龍】本体を討てる可能性があるのはアーサーしかいないし、前衛へ置く訳には……」

その日の晩――僕は自室で独白を零し、椅子の背もたれに身体をつけた。
石壁の魔力灯が簡素な寝台と古い木製の机、外套をかけた椅子を照らしている。
窓の外には闇の帳が降り、月や星も見えない。検討中の魔法式が室内を漂う。
視線を机上に動かし、先程ミニエーが届けてくれたアーサーのメモ書きを見つめる。
**『南方の港湾都市スグリは敵部隊に占領された』**
**『四英海も封鎖され、ウェインライトの偵察グリフォンも魔銃で撃墜された模様』**
**『工都は大規模魔法通信妨害により沈黙。詳細な状況不明』**
**『アレン、すまないが、工都への突入案を考えてみてくれ』**
……戦況は切迫している。僕が出した王都への報告書も届いていないだろう。
情報がなくてはどうにもならないので、オリーさんへ相談したところ、
『潜入調査はウォーカーの本分でございます。お任せください』
との心強い回答は得られたものの、案自体は手詰まりだ。
龍に刃を届かせ、討伐し得るのは『天剣』アーサー・ロートリンゲンのみ。
けれど、その前には聖霊教使徒達が立ち塞がる。

ララノア随一の大魔法士であるエルナー姫は全軍の指揮を執る必要があり、前線には立てない。……せめて、リドリーさんがいてくれれば。

視線を戻し、大精霊『雷狐』のアトラから預かった、紫リボンを結んだ懐中時計を確認する。そろそろ寝ないと明日の朝、ティナ達に心配されてしまう。

僕は検討中の魔法式——先の工都戦でマイルズ・タリトーが使った、喪われし光属性極致魔法『光神鹿』と再現中の秘伝『光剣』を消す。

今晩はこの辺に——やけに控え目なノックの音。

「どうぞ、開いています」

入り口の木製扉が開き、ちょこんと、リリーさんが顔を覗かせた。髪をおろし、ティナやステラと同じ寝間着姿だ。……双丘が豊かなせいか、目のやり場に困るな。

腕輪の嵌った左手に持っているのはティーポットとお茶菓子が載ったトレイだ。

「リリーさん、どうしたんですか？」

「——……えへへ～」

年上メイドさんは音を立てないように扉を閉めるや、いそいそと近づいて来た。

トレイを丸机に置き、僕と向かい側の席へ腰かける。

「昼間、オリーさんと御仕事の競争をしたせいか、目が冴えちゃったみたいでぇ……。テ

「アレンさん、お茶どうですかぁ？　イナ御嬢様とステラ御嬢様はぐっすり眠ってます～。」

「いただきます」

「は～い♪」

ホッとした様子で、リリーさんは手慣れた様子で紅茶の準備を始めた。

――南都で初めて会った時は、淹れ方を知らなかったのにな。

僕が当時は『メイド志望の公女殿下』だった年上メイドさんの、整った顔を眺めていると、目の前に白磁のカップが差し出された。

「どうぞ～」

「ありがとうございます」

御礼を言って一口飲む。とてもとても美味しい。

リンスター公爵家メイド隊は出自に一切囚われない実力主義。

メイド志望の公女殿下は、実力で第三席の座に就いたのを再確認する。

まぁ「ウフフ～★」勝手に旅行鞄を開けて僕のシャツを羽織らないで欲しいけれど。

若干呆れながらも僕はお茶菓子のクッキーを齧った。この味は。

「これ、リドリーさんの焼き菓子ですか？」

ピタリ、と年上メイドさんの動きが停止し、唇を尖らす。

「あの人、お菓子作りに本気だったらしくて、配り歩いていたみたいなんです」

「……真っすぐな方ですね」

『我が迷いを晴らす為には――今、此処で！　リディヤ・リンスターと一騎打ちをする他無しっ‼　すまぬが、付き合ってもらうぞ、従妹殿っ!!!』

五年前、進むべき道に思い悩み、『剣聖』という栄えある立場にありながら、あの真っすぐな公子殿下はリディヤへ真っ向勝負を挑み――敗れた。

王立学校の訓練場で嬉しそうに笑っていたっけ。

「アレンさん、その……兄のことなんですが………」

思考を止め、リリーさんへ視線を向けると、珍しく沈んだ様子で目を伏せ、左腕の銀腕輪に触れていた。

このような切迫した状況下で、数年ぶりに再会した実の兄が行方不明。

みんなの前で平気そうにしていても、心配になるのは当然だろう。

僕とあの夏の南都を探検したメイド志望で年上な公女殿下は、とても優しい女の子なのだから。

「リリーさん、左手を貸してください」

「？　はい」

不思議そうにするも、何の抵抗もなくリリーさんは左手を差し出してきた。父さんが改良した銀の腕輪に触れ、魔法式を走らせる。上手くいったみたいだ。

「今のって……」

「リリーさんがよく使う魔法の補助制御式を組んでみました。こういう時、同じ魔法式を使えると便利ですね。調整に時間もかかりませんし」

「……う～」

リディヤやカレンですら未だに実現していない、僕と同じ魔法式を使いこなす年上メイドさんは左手を胸に抱え込み、俯いた。

「リドリー・リンスター公子殿下は約二百年ぶりに、古称号『剣聖』を正当に継がれた方です。リディヤに負けた時は迷われ、その刃も多少鈍っておられるようでしたが」

顔を上げたリリーさんと目を合わせ、僕は力強く断言する。

「今のリドリー・リンスター公子殿下に迷いはない。なら無事です、絶対に！」

リリーさんの両頰を大粒の涙が伝っていく。

シャツの袖で何度も涙を拭い、姿が消えた。寝台から微かな衝撃。

「――……ありがとう、ございます」

短距離転移魔法『黒猫遊歩』で移動し座り込んだ紅髪の年上メイドさんは、恥ずかしそうに御礼を口にした。補助魔法式に腕輪の性能が合わさり、隙がなくなっている。

……リディヤやカレンにバレたら、少しまずいかもしれない。

頬を掻いていると、リリーさんはシャツの袖で口元を隠した。

「また、アレンさんに泣き顔見られちゃいましたぁ。みんなには内緒ですよぉ？」

「はいはい」

「はい、は一回ですぅ～」

不満気に頬を膨らませ、僕の枕を何度も叩く。うん、リリーさんはこうでないと。

クッキーを齧り、机上に先程まで検討していた工都の地図を投影する。

浮遊魔法を発動し、自分のカップを移動させたリリーさんが目を細める。

「こうして見ると……東西南北、何処から進入しても建国戦争記念府まで遠いですね～」

凍り付いた【氷龍】は工都のほぼ中央、建国戦争記念府に位置している。

僕は食べかけのクッキーを口に放り込み、手を払った。

「マイルズ・タリトーと使徒達は、僕達が旧都にいることを当然摑んでいるでしょう。なのに一切の妨害をしてこない。防備に手抜かりはない、と考えるべきです」

オリーさんから詳細な報告を聞かない限り、有利不利は判定出来ないものの……『光翼党』と『天地党』の戦力にそこまで大きな差はないだろう。あるとすれば。

「アーサーなら複数の上位使徒を相手にしても互角以上に戦えます。……問題は」

「氷龍が復活したら、どんな優勢な盤面もひっくり返されてしまう」

年上メイドさんがカップを両手で持ちながら、答えを口にした。

「……その通りです」

アーサーの話によれば、百年前、当時のアディソン侯とロートリンゲン家当主は、謎の双剣で【氷龍】を使役し、旧都に迫りくるユースティン帝国軍を味方ごと殲滅した。

ティナの内に眠る大精霊『氷鶴』の力を借りてなお、時間を稼ぐのが精一杯な字義通りの怪物だ。

完全復活されてしまえば……僕達の勝ち目は極めて薄い。

大きな地図に切り替え、共和国南部を指差す。

「港湾都市スグリと『四英海』が封鎖された以上、僕の報告書も王都へ届いていないと思います。リディヤ達が工都の異変に気付いたとしても、動くのは確実に遅れる」

僕は自分の相方やシェリルを自分自身よりも信じている。

だけど、時間的制約は如何ともし難く……。

そうなるように『画』を描いてみせたであろう、聖霊教の偽聖女が恐ろしい。

地図を消し、僕は意を決す。

「リリーさん、お願いが――」「お断りします～★」

「……まだ何も言ってないんですが」

年上メイドさんは寝台上で立ち上がり、左手の人差し指を立てた。

笑顔だが、瞳の奥には隠しようのない知性が見て取れる。

「『**最悪の場合、ティナとステラを連れて、ユースティン帝国経由で脱出をして下さい。僕はゼルと決着をつけなければならないので**』――当たっていますかぁ？」

「………えーっと」

そうだった。この人、リンスター副公爵家を継いでもおかしくない位の才媛だった。

僕が返答に困っていると、リリーさんは両拳を握り締め、

「もう一度言います。断固！　お断りします。と～！」「わっ」

わざわざ転移魔法を使わず、身体強化魔法で跳躍してきた。

慌てて浮遊魔法を発動させながら立ち上がり、受け止める。

僕が躱すなんて一切思っていなかったらしい年上メイドさんは、頬を突いてきた。

「まったくもぉ、もうったら、もぉ～！　アレンさんはぁぁぁ～」

双丘の柔らかい感触が危険だ。危険過ぎる。

これだけ距離が離れていれば、『誓約』の魔法を結んでいてもリディヤに気付かれるこ

とはないだろうけど。

『ふ～ん……』

背筋に悪寒が走ったので、リリーさんを地面へ降ろして抗議する。

「……痛いんですが」

クスクスという笑い声。

長い紅髪をフワリとさせつつその場で一回転し、リリーさんは顎に人差し指をつけた。

「アレンさん、私はメイドさんなんですよぉ～？　御主人様を見捨てるなんて、出来るわけないじゃないですかぁ～？」

「いえ、僕は貴女の御主人様では――」「ア・レ・ンさぁ～ん？」

目が……目が怖い。リンスターの女性が持つ圧か。両手を軽く挙げる。

「はぁ、分かりました。この前も言った通り、本気で頼りにしますよ？」

すると、紅髪の年上メイドさんは嬉しそうに表情を綻ばせた。

「はい♪　遠慮せず頼りにしてください。私、お姉ちゃんなので～☆」

「え？　お姉さん？？」

「むむ～！　そこで、どーして疑問形――」

「アレン様」「！」

突然この場に居ない筈の少女に名前を呼ばれ、僕達は振り返った。

「！　ス、ステラ⁉」「あら～？」

静音魔法をかけつつ聞き耳を立てていたのだろう、入り口の扉に手をかけ室内を覗き込んでいた薄蒼髪の公女殿下は、寝間着の袖や裾を揺らし僕の傍へやって来た。

胸に手をつけ、真剣な眼差しで訴えてくる。

「アレン様、リリーさんだけじゃありません。私も――私もいます」

「……ステラ」

心中で教え子の成長を喜ぶ気持ちと、戦場へと連れていく逡巡がぶつかり合う。

以前までの僕ならば、きっと窘める選択肢を取った。

だけど――やや乱れた少女の蒼髪を手櫛で直す。

「困った聖女様ですね」「貴方の為なら幾らでも悪い子になります」

僕は説得を諦め、軽く両手を挙げる。

「降参です。でも、エリーと君は良い子のままでいて下さい、僕が困ってしまいます」

「はい！　アレン様。だけど――……私はもう悪い子なんです」

薄蒼髪の公女殿下は笑顔で頷いた後、背を向けてしまった。はて？

直後――室内に手を叩く音が響いた。

「ウフフ～♪　ステラ御嬢様は私と同じでと～っても悪い女の子なんですねぇ～？　そんな女の子には――こうですぅ～☆」

「きゃっ」

紅髪の年上メイドさんは楽しそうに後ろから聖女様へ外套を羽織らせた。

――言わずもがな、椅子にかけておいた僕の物だ。

呆気に取られていたステラが、振り返って質問する。

「リ、リリーさん⁉　こ、これって、ア、アレン様の……その…………」

「寒そうだったので～。感想をどうぞ♪」

「――あぅ」

ステラはもじもじとしながらも外套を脱ごうとはせず、むしろ袖で口を隠した。

背に小さな幻の白羽と黒羽が見えるような。

「――……とっても暖かいです」

リリーさんは答えを聞くや、幾度も大きく頷いた。

そして、何処に隠していたのか小型の映像宝珠を取り出し、ステラへ悪魔の囁きをする。

「ウフフ～♪　そうですよね～。折角ですしぃ、映像宝珠も撮っておきますかぁ？」

「え？　あ……そ、それは…………欲しいですけど。あぅぅ」

ニヤニヤ顔の年上メイドさんに対し、薄蒼髪の少女は林檎のように顔を真っ赤に。

……まったく、この子達は。

僕はティーポットへ温度調節魔法を発動させ、声をかける。

「リリー・リンスター公女殿下、ステラ・ハワード公女殿下。座ってください。相談に付き合って欲しいので」

「は～い」「はい、アレン様」

公女殿下達は素直に返事をしてくれた。僕のシャツと外套を羽織ったままだけど。

「でもぉ～」「その前に一つだけ」

南と北、それぞれの花の香りがし、細い指が鼻先に突き出される。

悪戯っ子の顔になった年上と年下の少女が唱和した。

「「公女殿下は禁止です‼」」

＊

早朝の冷気を貫き、軽く百は超えるだろう氷弾の群れが僕へと殺到してきた。

以前とは比較にならない程、洗練されている。教え子の成長はとても嬉しい――

「おっと」

氷弾の魔法式に介入し分解していると、その一部が急加速してきた。

風魔法で着弾位置をずらすと、氷弾は宿泊地前の広場に突き刺さり、小氷原を出現させた。白シャツやズボン近くまで氷片が飛び散る。初級魔法の魔力量じゃない。

やや離れた場所で魔杖を構えた白いブラウス姿のティナが、綺麗な瞳を細め舌打ち。

「ちっ、外しましたか。やりますね、狼族のアレン様？」

その声色には冷気が混じり、立ち上がった前髪も不機嫌そうになっている。

起床したばかりの僕をいきなり訪ねて来て『先生、模擬戦をしましょう』と強引に連れ出したせいか、外套すらも羽織っていない。恐る恐る質問する。

「テ、ティナ……？　もしかして怒っていますか？？　心当たりが全くないんですが」

「………………先生」

微笑む少女の薄蒼髪が魔力で浮かび上がり、雪華が舞い始めた。

心なしか、前髪の髪飾りも黒く染まっているような……。

「耐氷結界を足せ！」「油断していると、私達も凍るぞ」「おっかねぇ、おっかねぇ」

早朝だというのに、僕達の対峙を見物していたミニエー達が手際よく、軍用結界の巻物を足し始める。薄情な。

ティナが魔杖を無造作に振るうと、白い袖と蒼いスカートが雪風で揺れた。

「本当に……本～当に！　心当たりがないんですか？　胸に手を当てて、もう一度よ～く！　考えてみてくださいっ‼」

「え、えーっとですね……」

僕は教え子の剣幕に押され、しどろもどろになってしまう。

こういう時、場の空気を和ませてくれるエリーやリィネがいてくれれば！

双眸から光を消し、尋問官ティナ・ハワードが詰問してくる。

「昨日の晩、私が寝た後に、御姉様やリリーさんとお茶を楽しまれましたね？」

「！？！！」

相談後、部屋へ二人を送り届けた際、ティナがぐっすりと眠っていたのは、確認している。浮遊魔法で毛布をかけ直した位だ。

夜警中のメイドさん達にも口止めをしておいたし、バレる要素は……。

四方に顕現していく千を超す氷弾を警戒する中、後方に気配を感じたので振り返る。

「ステラ、リリーさんっ⁉　そ、その格好は……」

宿泊所から出て来たのは二人の公女殿下だった。

寝間着に、何故か僕の外套とシャツを羽織っている。

「えっと……あの…………」「寒いので～♪」

ステラは外套の両袖で口元を隠し照れ、リリーさんはニコニコ顔だ。

あれ程、寝る前は脱ぎましょうと言っておいたのにっ！

「フフ……フフフ…………」

ティナの笑みが更に深まり、唇から無感情の声が洩れる。怖い。

氷弾の数は更に増していき、広場全体が凍結していく。

『お前さんの顔にはとてつもない女難の相が見える。気を付けろよ、相棒』

王立学校時代、ゼルがしみじみと口にしていたことを唐突に思い出す。

そう言えば、『四英海』奥で遭遇した【魔女】様にも同じ忠告をされたな……。

右手の指輪へ目を落とすと『馬鹿ね』と言わんばかりに明滅した。ぐぅ。

ティナが顎に人差し指をつけ、小首を傾げる。

「起きたらびっくりしてしまいましたぁ。だって――御姉様とリリーさんが先生の外套とシャツを羽織って眠られていたのでぇ……」

「ふ、二人共っ⁉　約束が違いますよっ！」

「ね、眠くなってしまって……あと嬉しくて」「えへへ～♪　同じくですぅ」

メイドさん達が手際よく設置したソファーに腰かけ、二人は言い訳にもならない言い訳を主張した。まずい。とてもまずい。

雪風が僕の髪を靡かせる。

「テ、ティナ――」「先生、有罪です。この子も拗ねているのでっ！」

公女殿下の右手の甲に、大精霊『氷鶴』の紋章が鮮やかに浮かび上がった。

渦を巻いていた氷弾が驟雨の如く降り注いでくる！

先程と同じく、僕は命中するものだけに介入しようとし――咄嗟に横へ大きく跳んだ。

襲撃を躱された小氷河から出現した複数の氷獅子が、悔しそうに遠吠えをあげる。

「こ、これはエリーの……」「北都の駅で初めて会った時の私じゃありませんっ！」

僕へ連続で攻撃してくるティナと視線が交差した。

そこにあるのは強い強い意志。

『魔法を使えないハワード公女殿下』――そんな面影は今や影も形もない。

未だに『氷鶴』の解放方法は不明だけれど、僕も少しは頑張ったんじゃないかな？

内心で自画自賛しながら、確実に当たるであろう氷弾を掻き消し、襲い掛かる氷獅子は妹のカレン用に改良している『雷神化』を四肢に一部顕現させて次々と打ち砕く。

「だったらっ！」

ティナが魔杖を掲げ『氷神散鏡』を複数発動させた。

広場全体に、キラキラとした小さな撹乱用の氷鏡が浮遊する。

視界だけでなく、魔力感知の精度があっという間に悪化し、反応が遅れる。

身体強化魔法でその分を補助しながら、『氷神散鏡』に介入しようとし——戸惑う。

魔法式が暗号化され、次々と変容している！

「これは……」「隙ありですっ！」

氷獅子を蹴りで粉砕した僕へ、一気に間合いを詰めたティナが魔杖を横薙ぎ！

——追撃か回避か。

僕は後者を選択し、浮遊魔法を瞬間発動。

フワリ、と浮かび上がり、殆ど見たことがないティナの近接攻撃を回避した。

半回転しながら一撃によって砕かれた近くの氷塊を認識し、口元を綻ばせる。

王立学校の上級生達にも十分通じる威力だ。

やや離れた小氷河に着地した僕はティナを心から称賛する。

「今の動き——リィネ仕込ですね？」

「先生のお陰で魔法制御は信じられない位、向上しました。だけど……ノートだけじゃ、何時まで経っても貴方に追いつけませんから」

次で決着をつけるつもりなのだろう、一時的に襲撃も収まる。

ティナは圧倒的な魔力量に物を言わせる典型的な後衛で、ずっとそっち寄りの教え方をしてきた。なのに自力でここまで……。女の子の成長は早いや。

『ほら、とっとと次を教えなさいっ！　全部覚えてあげるわ。すぐにね』

かつて――ティナと同じく『忌み子』等と揶揄され、魔法を殆ど使えなかったリディヤも、一度使えるようになってからは同じようだった。

僕は何時まで、二人の天才少女に並走出来るだろう？

「痛っ」

ややしんみりしていると、右手の腕輪と指輪が明滅した。

天使様と魔女様は弱気な僕にとても厳しい。

……分かっていますよ。

まだまだ、ティナ達に教えたいことはたくさんありますから！

左手を握り締め、僕は大きく振った。

氷鏡、氷弾、氷獅子が雪華へ分解され、朝陽に煌めきながら消失していく。

雪風が吹き、大攻勢の準備をしていたティナのリボンを揺らした。

「！　そ、そんな……こんなに早くっ⁉」

炎花の結界内で温かい紅茶を飲んでいるステラが驚き、リリーさんは得心する。

「もうティナの暗号式を解読された……？」「解析はアレンさんの領分ですからね～」

本当は初見で無理矢理自壊させることも可能だった。ティナ達の魔法式は僕が自分で組んでいるのだから、多少暗号化されようとも解読はそこまで難しくない。

けれど……可愛い教え子の努力を見たくなるのは職業病だ、仕方ない。

解読されること自体は予期していたのだろう、ティナが思考を切り替える。

「くぅっ！　な、ならっ‼」

魔杖の宝珠が輝きを増し、髪飾りと純白リボンも光を放つ。

出現したのは、先程とは桁違いの数の氷弾だった。

僕は魔法式に介入し、一部を自壊させ無効化する。

なら——処理能力を上回る純粋な物量で押せばいい。悪くない策だ。

見物を続けているミニエー達が騒ぐ。「おいおい……」「俺等、『四英海』で魔銃撃たなくて良かったな」「これがハワード公女殿下の実力か」「相対している、アレン殿もな」

ティナは魔杖を両手に持ち替え、

「先生っ！　いきますっ！！！！」

勢いよく薙ぎ、魔法を解放した！

数千……否、万を超える氷弾が渦を巻き、一気に襲い掛かる。

根本の魔法制御式に介入してしまえば、無効化は可能だけれど——ティナが頑張っているのなら、僕も頑張らないとっ！

両手を振り、氷属性初級魔法『氷神鏡』を多重発動。

「えっ⁉」『なっ⁉』

ティナとミニエー達が驚愕する中、氷鏡が氷弾を次々と乱反射し、意思を持っているかのように相殺しあう。

僕の周囲に届く氷弾は一弾たりともなく、氷片が幻想的な光景を作り出していく。

「高速の氷弾を氷鏡で反射させ、全て相殺して……？」

「それだけじゃなく強化と誘導までこなしてますね～」

観戦中のステラとリリーさんは正解に辿り着いたようだ。

——最後の氷弾が砕け散り、広場に立つのは僕とティナだけになった。

未だ魔力減衰を見せない、薄蒼髪の公女殿下が頬を紅潮させる。

「凄いです。本当に凄いです。でも——負けませんっ！」

宙を舞っていた氷片が渦を巻いて雪嵐へと変貌、僕を囲んでいく。

その数、合計で七本。

僕が創った『七炎斬花』を模してっ⁉

「周囲に散らして、再び集める」

次の誕生日で十四歳になる少女が大人びた笑み。

右手の甲の紋章も感情に呼応し、蒼く染まる。


**「これも先生が見せて下さったことです。いきますっ！！！！」**


ティナは両手で魔杖を思いっ切り振り下ろした。

巨大な七本の雪嵐は氷鏡でとても防ぎ切れそうにはない。

——……ない、が。

右手を無造作に握り締めると、腕輪表面に未知の魔法式が明滅した。

蒼茨の鎖が顕現して空中を駆け、

「ふぇっ⁉」『なぁっ⁉』

炸裂しそうになっていた七本の雪嵐は鎖に拘束され——霧散した。

制御しておいて何だけど尋常な力じゃない。僕には過ぎたる力だ。

あと、今の力ってカリーナのものなんだろうか？　似てはいるけれど……。

『私と一緒に過ごせばいい。人の世が滅び、星が再生を遂げるまで』

王宮地下で、ステラの身体を乗っ取った白黒の天使は僕へそう告げた。

だけど、もし……もし、あれがカリーナの発した言葉じゃなかったとしたら。

「先生？」

急に僕が黙り込んだので心配してくれたのだろう、ティナが近づいて来た。

――いけない、いけない。考え過ぎるのは謙遜と並ぶ僕の悪い癖だ。

ステラとリリーさんへ目配せし、ティナの髪についた氷片を手で摘まむ。

「ここまでにしましょうか」

「……はぁい」

やや不満気ながら、ティナは頷いてくれた。

ミニエーが三角帽子を片手で取り、撤収を開始。メイドさん達も整然と治療所へ戻っていく。朝食の準備をしてくれるのだろう。

僕は顕著な成長を遂げた教え子に、本気の評価を告げる。

「驚きました。冗談抜きでそろそろ追い抜かれそうですね」

「……結局、全部通用しませんでした。こんなんじゃ、貴方の隣にいることなんて……」

不満気な少女にくすりとし、僕は小さな手を取った。

目の前のティナが驚き前髪を左右に揺らす。

「せ、せんせぃ？」

「『過度な謙遜は成長を鈍らす』──僕が苦言を呈され続けていることです。見習わないように。北都の御屋敷で君に告げた言葉を今もう一度繰り返します」

ティナ・ハワード公女殿下の才は、リディヤ・リンスター公女殿下の才に匹敵する。

何れ大陸の誰しも知ることになるだろう天才少女へ、僕は力強く断言した。

**「ティナ、君は強くなります。僕なんかよりもずっと！」**

気持ちの良い雪風が僕達の髪と頬を撫でた。

少女は宝石のような双眸を見開き、

「〜〜っ！」

頬だけでなく首筋まで真っ赤にした。フラフラと倒れそうになったので受け止める。

小さな感謝の言葉。

「……ありがとう、ございます……また、頑張れます……」

「本心ですよ」

リボンにもついていた氷片を手で払い、離れる。僕も頑張らないとな。

「アレン様」「アレンさん～。朝食前に直さないと～」

「今、行きます」

氷原と化した広場の修復を開始した、やけに笑顔なステラとリリーさんへ応じる。外套とシャツ……取り返せるかな。

ティナが僕の袖を引っ張る。

「先生！　あの‼」

「使徒達は難敵です。【氷龍】の完全復活は何としても防がなければなりません」

幾ら天才でも、リディヤと異なりティナはまだまだ未熟だ。学ばなければならないことは山程ある。巻き込むべきではないのかもしれない――だけど。

立ち止まって、肩越しに片目を瞑る。

「僕に力を貸してくださいますか？　ティナ・ハワード公女殿下」

瞬間、少女の顔は分かり易く喜びに染まった。前髪もピンっと立ち上がる。

「はい――……はいっ！　私に任せて下さいっ‼」

「！　ティナ、魔力を抑え――」

僕が最後まで言い終わる前に蒼の魔力が迸る。

止める間もなく周囲に十数本の巨大な氷花が出現した。

張り巡らされた耐氷結界をも貫通し、大通りまで氷原へと変えていく。

「ティナ……。嬉しいのは分かるけど、加減をしないと駄目でしょう？」

「ティナ御嬢様ぁ～？　こういう所までリディヤ御嬢様の真似をしなくてもぉ」

咄嗟に治療所の凍結を防いでくれた、ステラとリリーさんが苦笑する。

大通りの方からも驚きの声。後で謝っておかないと。

「あ……え、えと…………わざとじゃなくて……。わ、私も修復手伝いますっ！」

身体を小さくしたティナが、二人へ駆け寄っていく。

当分はまた魔法制御の訓練だな。

巨大な氷花を見上げていると――右肩に重み。

見やると、そこにいたのは魔王が連れている白猫様だった。

「キフネさん？」

僕と目を合わせ白猫様は一鳴き。すぐに消えた。……何だって？

じゃれ合う三人の公女殿下を見つめながら、考え込む。

「【氷龍】復活が予定よりも早まるかもしれない……？　工都でいったい何が起こってい

るんだ？？」

＊

「指示は以上だ。私とレヴィは使徒候補イライオスと共に『儀式場』の奥へと進む――ゼルベルト・レニエ、指揮は任せたぞ」

工都大時計塔の屋根上で、フード付き灰色ローブを身に着けた二人の少女――聖女様付従者であられるヴィオラ殿と使徒第三席レヴィ殿は淡々と命じられた。後方では、新しき使徒候補のイライオスが平伏している。

「おー。任せとけ」

対して、白髪紅眼を持つ新使徒第四席ゼルベルト・レニエは慇懃な態度で応じた。

その視線は眼下の通りを忙しなく動き回る『天地党』側の将兵達や、大穴の空いた建国記念府跡地に注がれ、動かない。

後方に控えている私、聖霊教使徒第五席たるイブシヌルと第六席のイフルとて、聖女様に選ばれ、使徒名と純白のローブを下賜された身だ。

が――ヴィオラ殿やレヴィ殿、先日の工都攻防戦後に後退されたイオ殿といった方々は次元が異なる。新任の第四席殿と謂えど、無礼が過ぎれば。

「「…………」」

しかし、御二人は何も言われず、鼠族であるにも拘わらず、此度大任を――大魔法『炎滅』回収の任を首座殿より与えられた使徒候補イライオスを連れ、消えた。

建国記念府跡地の大穴へと向かわれたのだろう。

東都出身の獣人族達が、昼夜問わず行っている【氷龍】の凍結解呪は順調だと聞く。

汚らわしい者達が功績を挙げるのは妬ましく、納得がいかない想いもあるが――聖女様の大御心は全てに優先される。たとえ、仔細を伝えられていなくとも。

レニエが眼鏡をかけ直し、肩を大袈裟に竦めた。腰に提げている短剣が揺れる。

「ったく。いいのかねぇ？　新参の俺なんざをそんな立場にしちまって」

軽薄な口調だが、この半吸血鬼は工都へ到着して早々大戦果を挙げている。侮れない。

純白ローブを翻し、レニエが私達へ軽く右手を振った。

「そっちの御二人さん。王国のレーモン・ディスペンサー伯と侯国連合のホッシ・ホロント侯、だったか？　あんた達が指揮してくれてもいいんだぜ？」

心中に漣が立ち、先の戦闘で喪い再生した左肩から下が傷んだ。

「イブシヌルとイフルです、ゼルベルト・レニエ殿」

「聖女様より賜りし、今の使徒名こそ我等が真名であります」

如何な上位使徒であっても、理由なく嬲られるつもりはない。

すると、レニエは困った顔になり白髪を掻いた。

「あ〜悪かった。そんなつもりはなかったんだ。許してくれ」

「……いえ」「…………」

話が分からぬ相手ではないようだ。

生前は『救国の英雄』だったと聞いているが、王国への忠義も一切感じられない。

レニエが指を鳴らすと、血の鎖により各種結界が張り巡らされた。

……信じ難い静謐性。

この男が本気ならば、私やイフルを斬り倒すことなど造作もないだろう。

「認識を合わせたい。こっちの戦力なんだがな」

私が戦慄を覚えているとは考えてもいないのだろう、白髪紅眼の半吸血鬼は、工都の地図を投影させた。脇に味方の名前も次々と続く。

「聖女――……様の従者であるヴィオラに、第三席のレヴィ・アトラス。首座殿付の使徒候補イライオス。俺とあんた達。緒戦で数を減らした異端審問官達と重装魔導兵共」

聖女様に尊称をつけようとしなかったので、イフルと共に殺気を飛ばす。

……この男、本当に使徒なのか？

苦々しく思っている間にも、名前の投影は止まらない。

『実験体』ジェラルド・ウェインライト。

『吸血姫』イゾルデ・タリトー。

レニエが額を押す。

「アディソン侯爵家の屋敷で封じている、大魔法の刻印限界に達した哀れなウェインライトだった『モノ』に、婚約者に逃げられて泣きわめいている使徒候補も運用次第で役に立つ。魔剣『北星』を下賜されたマイルズ・タリトー率いる天地党側の軍も同様だ。ああ、凍結解呪に全魔力を注ぎ込んでいる獣人族達は戦力外だろう。イライオスもな」

私とイフルは首肯する。この短期間で戦力を頭へ叩きこんだか。

眼鏡の位置をレニエが直した。

「ただ儀式が完了するまで、此方の最大戦力たるヴィオラと第三席は動けん」

「問題はありませぬ」「私もイフルと同意見です」

先日の戦いでは、私達は『天剣』と『剣聖』、そして忌々しい『欠陥品の鍵』と相対し、敗北を喫した。イオ殿の来援がなければ……この場にいなかったかもしれぬ。

それ故に、次の戦いに期するものがある。切り札も躊躇いなく使おう！

「……甘いぜぇ？　そいつは」

対して、レニエは紅眼を細めた。

血の刃の如き怜悧な視線が私達を貫く。

「何せ敵陣にはあいつが――狼族のアレンがいる。『剣姫』や『光姫』がいないにしても、俺達の優位は想像以上に儚いぞ」

爆破作業でもしているのか、炸裂音が都市内に反響した。

確かに、あの男は侮れない。

しかし……既に対策も講じた。要は四の五の考えず魔力に物を言わせた量で押し潰してしまえばいいのだ。奴の魔法介入が卓越していようと限界はある。

私とイフルは微かに頷き合い、レニエに反論した。

「敵は大駒の『剣聖』を戦列から喪いました。他ならぬ貴殿の手によってです。加えて、イオ殿が残して行かれた各結界と監視網も健在である以上、奇襲はされません」

「如何に『天剣』と『天賢』がいようとも、正面戦闘ならば不覚は取らぬかと」

「……そうだと、いいんだがなぁ」

なおも浮かない顔をしたまま、レニエは目を瞑った。

短剣を微かに引き抜き——鞘へと納め、私達の肩を叩く。

「ま、仕事だしな。何とかするさ。頼りにしているぜ」

血の結界が崩れ、重苦しい空気も霧散した。

イフルがローブ下に着こんでいる胸甲を叩き「……魔導兵達の下へ戻ります」と告げるや消える。転移魔法の呪符だ。

残された私へレニエがニヤリ。

「アディソンの屋敷に監禁している、お前さんが王都から拉致して来た男——エルンスト・フォス、だったか？ 捕えておいたのは良い手だ。アレンは身内絡みにとことん甘いからな。これであいつ自身は王都へ絶対に退かない。聖女様の思惑通りってやつだ」

「……そんな男もおりましたな」

今の今まで忘れていた男の名前を出され、私はやや戸惑う。

オルグレンの動乱時、聖女様直々の御命令を受け、この地にまで拉致こそしてきたものの……エルンストという男は所詮中小商会の長に過ぎない。素直に問う。

「レニエ殿は『剣姫の頭脳』を高く評価されているようですね」

「当然だろ。『欠陥品の鍵』……だったか？ 確かにアレンは百年前の『銀狼』や、二百年前の『流星』と違い自分の能力を十全に使いこなしていない。魔力量も人並み以下だ」

「では――」「だがな？」

屋根の縁まで歩を進めたレニエに言葉を遮られる。

純白ローブを翻し、私を射抜いた紅眼にあったのは――強い憐憫。

「あいつは俺が知る限りでも、『竜』『勇者』『悪魔』『吸血鬼』に遭遇し、平然と生き残っている男だ。甘い考えは捨てろ……死ぬぞ」

「…………」

我等、使徒達にとって『死』とは一時的なものに過ぎず、聖女様が真なる大魔法『蘇生』を復活させた暁には殉教していたとしても蘇られる。

死なぞ……畏れるに足らずっ！

私の沈黙を肯定と誤解したのか、レニエは身体を伸ばした。

「さて、と――俺は泣き止まない使徒候補の小娘殿でもあやしてくるとするか。ああ、そうだ。最後に聞いていいか？」

「何でしょう？」

感情を押し殺す。仮にも上位使徒だ。不興を買うのはまずい。

レニエが両手を広げると、頰に聖女様の刻印【茨蛇】が浮かびあがった。

「見ての通り、俺に選択肢はなかった。だけど、あんたやイフルは何で使徒になったんだ？　以前の地位やらに不満があるとは思えん。後学の為に教えてくれ」

心がざわついた。あの夜の話は誰にもしたことがない。

だが、目の前に立つ半吸血鬼の瞳には純粋な興味だけがある。ならば。

「……見てしまったからですよ、私もイフルも」

目を閉じ、心臓に右手を押し付ける。

大魔法『蘇生』『光盾』の魔法式が手の甲を這いずり回った。

——今から十余年前の王国の東都地下水路奥地。

酷い雷雨が降り注ぐ夜だった。

当時、水都から遊学しに来ていたイフルと共に、『衰退しつつある家を継ぐ他に未来がない』ことへ鬱屈した想いを抱え、夜な夜な飲んでは徘徊を繰り返していた私達は彼の地に迷い込み、蘇られた聖女様と師父様に出会ったのだ。

ゆっくりと目を開け、言い切る。

「死した者を蘇らす本物の『奇跡』をです。そして——それを知ってしまった以上」

元の世界には戻れなかった。

あの晩と同じように遠雷が鳴り響き、閃光が走る。

暫くしてレニエは小さく溜め息を吐き、

「……お互い難儀だ、な」「っ⁉」

左手を無造作に振るった。

大鉄橋を越えた先にある東方地区の尖塔が、血刃により両断され落下していく。

レニエが下手糞な口笛を吹いた。

「へぇ……躱したか。誰だか知らんがいい腕だ。追わなくていい」

即座に探知魔法を展開させようとした私を、使徒第四席は制す。

「今や工都は後世戦史に残ること間違いなしの決戦場。藪を突いて知らない化け物が出て来たらことだぜ？　イゾルデを一撃で半死にし、俺の左腕を蹴りで吹き飛ばして、死にかけの『剣聖』とアディソンの小僧を救っていった謎の老格闘家みたいにな」

「……はっ」

上位使徒と未熟とはいえ吸血鬼を相手にする獣人――悪夢だ。

レニエの紅眼に闘争の愉悦が表れる。

「【氷龍】の完全復活まで守り切ればまず、俺達の勝ちだ。頑張ろうぜ、使徒イブシヌル。――ほら？　聖女様と聖霊の御為に！　ってやつだ」

「くっ……化け物めっ。聖霊教の上位使徒共はどいつこいつもっ！」

＊

辛うじて、大時計から放たれた不可視の斬撃を躱し、近くの路地へと逃げ込んだ私――グレゴリー・オルグレン坊ちゃまに付き従うイトは悪態を吐いた。

認識阻害魔法だけでなく、囮魔法も最大限発動させ、念には念を入れて超遠距離から監視していたにも拘わらず看破された。怪物だ。

人気のない窓に、フードを斬り裂かれた横顔が映る――頭の小さな角も。

魔族であることがバレれば行動に支障が生じ、坊ちゃまに御迷惑をおかけしてしまう。代替品を調達せねば。

それにしても奴等、建国府の地下で何をしようと？　聖霊教に寝返った獣人達が集められたのは龍の早期復活を成す為と推察出来るが……誰一人として出入りがない。

疑問が渦巻く中、私は違和感に気付いた。

「風が止んだ……？」

探知魔法を即時発動させるも、掻き消える。こ、これは。

「ほぉ、何とこのような場で『ティヘリナ』の娘に会おうとはのぉ」

若い――いや、幼いと言っていい女の声。

「〜〜〜っ！？！！」

悲鳴をあげ、私は無様にへたり込んだ。肌は総毛立ち、身体もまた硬直する。

こ、こんな魔力、あり得ないっ！　人の身でどうこう出来るわけがっ‼

「そう怖がるでない。取って喰おうなぞとは思っておらぬ」

姿を現した長い白銀髪で、背が低く雪のように白い肌の少女は呆れた様子で手を振った。

二つ結びにした髪の先端に着けた黒と蒼のリボンと、白と淡い翡翠色基調の外套と服の袖が揺れ、足下に白猫も現れる。

「そもそもだ――」「⁉」

目の前で少女の姿が掻き消え、後方からの声が耳朶を打つ。

「ティヘリナの家に二百年前の戦の際、『**王国に降るべし**』との密命を与えたは私故な。クロム、ガードナーからも苦労があったことを伝え聞いておる。汝は東方諸国への移住を試み、失敗した分家の子であろうが？」

王国内で私の秘密の姓──『ティヘリナ』を知るのはグレゴリー坊ちゃまと亡き両親。本家の、しかも長命の者しかいない筈だ。

カラカラに乾いた口をどうにか動かす。

「……あ、貴女様は、もしや魔王……」「この地では『リル』と名乗っておる」

首筋にひんやりとした細く白い指が押し付けられた。

強制的な死を覚悟させられる中、絶対的な命令。

「舞台に上がるのは止めよ。汝だけならいざ知らず、オルグレンの子はまず生還出来ぬ。この戦、創られた龍だけで終わるまい。人の執念程、恐ろしいものはない故な」

何時から私に……私達に気が付いていた？　しかも、【氷龍】が創られた？

疑問が渦を巻く中、上空から楽しそうな声が降ってくる。

顔を上げると、白銀髪の少女が壊れかけの石壁に座り、足を組んでいた。

膝上の白猫を撫で、誰よりも恐ろしい笑みで告げられる。

「娘、代わりと言ってはなんだが──私の頼まれ事を聞いてくれぬか？　確かめておきたい儀があるのだ。ほれ？　言うであろうが。『此処で会ったのも何かの縁』とな」

# 第2章

「もうっ！　まだ、ララノアの最新情勢が分からないなんて‼　御父様達の会議も随分長引いているし、もしかして、アレン達に何かあったんじゃ……」

王都王宮の自室を歩き回りながら、私――ウェインライト王国第一王女であるシェリルは、独白を零した。窓硝子に長い金髪と白の魔法衣が映る。

外は生憎の曇天。王立学校の大樹も霞んで見えない。

暖炉前では白狼のシフォンを枕にして、長い白髪と紅髪で獣耳を持つ二人の幼女――大精霊『雷狐』のアトラと『炎麟』のリアが、白の外套を着たまますやすやと眠っている。

ここ最近、昼間は王宮で過ごしていて私の性格に慣れているリアはともかく、アトラは年下の友人兼将来、私の義妹になるかもしれないカレンが『今日はアレン商会で面談なので』と託していってくれた子なのだ。落ち着かないと起こしてしまうかも。

けれど……焦燥を抑えられない。

『シェリル、常に気品を忘れないようにしてね？　貴女は王女なのだから』

亡き母にも、幼い頃からずっとそう教わってきたのに。

――ララノア共和国首府『工都』との連絡が途絶えて早十日が経った。

大陸最大の塩湖である『四英海』を挟む対岸で監視に当たっていた、東方屈指の魔法の名門ザニ伯爵家によれば、彼の地において『光翼党』と『天地党』が激突。

膨大な魔力反応が捉えられた後、私の王立学校同期生であり、大切な人でもあるアレンや使者となったリリー達は工都郊外へ逃れたようだ。

以降一切の情報が入って来ず、魔法通信も妨害されている。

しかも、王国西方においても異変が起こったらしく、父とハワード、リンスター、ルブフェーラの三大公爵と各大臣達は対応を協議中だ。

まさか……二百年前の魔王戦争以来、血河で対峙する魔族達がついに動いた？

長い脚を組んで木製の椅子に腰かけ、書類に目を通していた長い紅髪で剣士服の美少女――私の親友兼恋敵であるリンスター公爵家長女『剣姫』リディヤが顔を上げた。

空いている椅子には美しい魔剣『篝狐』が立てかけられている。

「シェリル、いい加減にしなさい。リア達が起きてしまうでしょう？」

「……分かっているわよ」

普段ならこういう時、狼狽するのはこの子の役回りの筈なのにっ。

私は釈然としない想いを抱きながらも水都へ留学する際、彼が贈ってくれた椅子に腰かけた。机に書類が差し出される。

「ヤナの話を纏めてみたわ。資料が散逸している古の『八大公家』について、一部とはいえ具体的な家名が分かったのは収穫だったわね。紅茶、貴女も飲む？」

「……ええ」

リディヤのいう『ヤナ』とは、北方の大国ユースティン帝国皇女。

オルグレン動乱以降、手切れとなっていた王国と帝国間に、ようやく正式講和が結ばれる運びとなり、使者のヤナは従者フス・モックスと共に王都に滞在中なのだ。

この機を逃さず、私達は連日彼女から皇帝家に伝承された古話を聞き出している。

心を鎮め、私は書類に目を通す。

「今の世に唯一残る『勇者』アルヴァーン大公家は誰しもが知っているわ。だけど……五百年前の大陸動乱期までは、アルヴァーンを支えていたという『星守』エーテルフィールド大公家は初耳ね。王都を襲撃した使徒首座アスター・エーテルフィールドとの関係性は不明。当人は『賢者』を自称していたらしいし――この紅茶、良い香りね」

「市場には出回らないロンドイロ侯国産の特級茶葉よ。心して飲みなさい。――称号がエリーの父親と似ているのも気になるわ」

　親友がカップを差し出してきたので両手で受け取り、一口飲む。美味しい。

　アレンの話によると、

『大樹守り』は神在りし時代に天高く聳えていた世界樹を守護せし一族。

『樹守』は神亡き時代、各地に根付いた世界樹の子等を守っていた一族。


らしい。けど……駄目ね。情報が断片的過ぎて、全体像が見えてこない。

「そして、ユースティン帝国家祖の師『光弓』エルネスティン大公家。他の四家は不明。これ――皇帝家の機密情報でしょうね。ヤナさんとフスさんには感謝をしないと」

　老皇帝の許可は得ているのだろうけど……良い子達なのよね。

　リディヤがカップを手に淡々と批評する。

「ヤナは私に反抗しがちな小っちゃいのや、義姉に対する態度が悪いカレンに比べて良い子ね。フスに甘え過ぎなのは直した方が良いけれど」

「……リディヤ、貴女がそれを言うわけぇ？」

　アレンが家庭教師をする切っ掛けとなったティナ・ハワード公女、アレンの義妹である狼族のカレンとの比較はこの際無視する。何時ものことだ。

カップをソーサーへ置き、散々甘え続けてきたのは、何処のリンスター公女殿下だったかしら？　私は大袈裟に肩を竦める。

「王立学校入学以来、未だにお財布の管理すら全部任せているって、聞いたんだけどぉ～？」

王立学校入学以降、リディヤは数えきれない武功を積み上げてきた。

幾つかの事件には私や亡きゼルベルト・レニエも関わったし、その中には機密指定を受けたものも多いけれど……その都度、褒賞は与えられてきたのだ。

問題はその運用を、目の前の少女が彼に丸投げしているらしいこと！

前髪を左手の薬指で弄りながら、リディヤが目を逸らす。

「……誰よそれ？　私はあいつに甘えてなんかいないし」

「あら？　私は『アレン』だなんて、口にしたかしら？」

私の親友兼恋敵であるリディヤ・リンスターは天才だ。

ただし——彼絡みを除いて。

長く美しい紅髪を魔力で浮き上がらせつつ、リディヤは引き攣った笑みを浮かべた。

「シェリル……喧嘩なら買うわよ？」

「駄～目。リアとアトラが起きてしまうでしょう？」

暖炉前へ目を向けると、幼女達はシフォンのお腹に顔を押し付けていた。これで、黒猫姿の使い魔であるアンコさんがいれば完璧だったのだけれど、惜しいわね。

瞳に怒りの業火を露わにし、リディヤが炎羽を叩きつけてきたので、アレン仕込みの魔法干渉で消失させる。

この子は『アレンが出来ることは、自分が全部一番じゃないと嫌っ！』という駄々っ子のような思想を内心持っているので、私の方が得意な魔法干渉はとてもとても効果的だ。

「こ、このっ……腹黒王女っ！　外見は整っているんだから、中身も少しはそれに合わせる努力をしなさいよっ‼　あいつだってそう思っているわ」

「失礼ね。昔から言っているけど、誰がどう見ても私は真っ白王女でしょう？　専属調査官に任命した後、アレンも『……シェリルは本当に凄いよ』って褒めてくれたし♪」

やや強引な進め方だったのは反省している。

でも、ようやく彼に公的な立場を与えることが出来たのだ。

『シェリル第一王女殿下付専属調査官』

これでアレンを、私の『運命の人』を、堂々と王宮へ呼び出せたり、公的な場で侍らすことも出来るのだっ！

両手を合わせ、身体を揺らしているとリディヤが意地悪な目つきになった。

「ふ〜ん……あいつのそんな褒め言葉を真に受けているのね。ふぅ〜〜ん」

「な、何よ？」

攻守逆転の予兆を感じ取り、私は警戒を強める。

すると、リディヤはこれ見よがしにアレンとお揃いの懐中時計を取り出した。

「別に。気にしないでいいんじゃない？　今、何時だったかしらね」

「リ、リディヤ……そ、それは反則でしょうっ⁉」

「馬鹿ね、シェリル」

紅髪を手で払い、リディヤが鼻先に人差し指を突き付けてきた。

「リンスターの家訓に『恋敵に情けをかける』なんてものはないわ。あいつは私の！　昔も今も——これから先ずっとね」

「くっ！　こ、この……捻くれ公女っ‼　い、言わせておけばぁぁあっ！！！！」

私は奥歯を噛み締めながら立ち上がり、親友へ反論を試みる。

女の子には、絶対に退けない時があるのだ！

対して、座ったままのリディヤが鼻で嗤った。

「事実よ、諦めなさい。だって、あいつも私を——……世界で唯一の相方だって言ってくれたし、『誓約』の魔法も結んでくれたし。誕生日に新しいリボンもくれたし。私も十八歳になったから、これであいつが次の誕生日を迎えれば……えへへ♪」

「………」

さっきまでいた傲岸不遜な『剣姫』は何処へやら。私よりも数ヶ月年上の親友は幸せそうに表情を綻ばせた。アレンのことを思い出したのだろう。

……こういう所が憎めないのよね。

気勢を完全に削がれジト目になる。

「リディヤー。戻って来てー」

紅髪の少女が瞳を瞬かせ、やや気恥ずかしそうに咳払い。

「コホン──そもそもよ？　貴女は王位継承順位第一位になったんでしょう？　将来の女王陛下と狼族。成立すると思う？？」

「うぐっ！」

王国において『姓無し』である獣人族の社会的地位は不当な程低い。

まして、アレンは狼族の養子。

常識に従えば、私と彼は……不吉な思考を振り払い、抗弁する。

「そ、そんなこと言ったら、『公女殿下』である貴女だって同じでしょうっ⁉」

「私はいざとなったら亡命するもの。水都へ行ったお陰で王位継承順位も下がったし、面倒事も減ったわ。今度は何処が良いかしらね？」

「な、な、なぁぁっ⁉」

王国四大公爵家には建国時に王家の血が入っていて、形式だけとはいえ王位継承順位も割り振られている。当然、その順位が上ならば公的な職務も増えていく。

ま、まさか、アレンを連れて水都へ逃げたのはそんなことまで見越してっ⁉

「……もうっ」

私は不利を悟り、荒々しく椅子に着席した。

すやすや眠るアトラとリアの獣耳と尻尾が動き、シフォンが『駄目ですっ！』と目で咎めてきた。すっかりお母さん気分のようだ。……私の味方をしてよぉ。

カップにミルクと砂糖を足しティースプーンで掻き混ぜる。

「ねぇ……王立学校時代のこと覚えてる？　ほら？　約束していたのに、何時まで経ってもアレンが水色屋根のカフェに来なかった日があったでしょう？　レニエさんと調べものに夢中になって。その時に調べていたのが『八大公家』じゃなかった？？」

「――……覚えているわよ」

リディヤの顔に僅かな寂しさが表れる。

ゼルベルト・レニエ男爵。

私とリディヤの王立学校同期生。アレンの親友。

妹さんの明けない夜を終わらせた半吸血鬼。大召喚式から王国を救った英雄。

四人で過ごしたあの短くも騒がしい日々は、私達にとって紛れもない青春だった。

だが……レニエは聖霊教の手によって蘇り、聖霊教の使徒となった。なってしまった。


アレンがララノア行きを強硬に望んだのは、彼に呼ばれた故なのだ。

紅髪の少女が何かを振り払うかのように、わざとらしい口調で揶揄してくる。

「腹黒王女殿下ときたら、あの時も『アレンが約束を破るなんておかしいわ！　もしかして、何か事件に巻き込まれたんじゃっ⁉』って、あたふたして。フフ……今、思い出しても笑えるわね。今度、映像宝珠をアンナに探させようかしら」

「……大きな見解の相違があるみたいね。初めにオロオロし出して、不安そうに何度も時間を確かめていたのは貴女だったじゃない、リディヤ・リンスター公女殿下？？　最後は半泣きになってたしっ！　それで懐中時計を持つようになったのよね」

「……記憶の捏造は止めてくれない？　私がそんな風になるわけないでしょう？」

「なってたわ」「なってない」

「「っ‼」」

睨み合い、炎羽と光片をぶつけ合う。

——……分かっている。心中ではお互い強い不安に苛まれているのだ。

アレンは強い。同時に優し過ぎる。

親友と相対した時、剣を向けられるとは——。

「「‼」」

眠っていたアトラとリアが獣耳と尻尾を逆立たせ、跳び上がった。

目を合わせ、私達へ抱き着いてくる。

「リディヤ！」「アレン、たいへん！」

「月が丸くなる夜！」「とっても、とっても、こわい！」

幼女達の真摯な視線が私達を射抜く。

「「だから、助けに行く！」」

「——っ」

可愛い姿をしていてもこの子達は『大精霊』。人智を超えた存在だ。

そんな子達が――『こわい』。

次の満月は丁度一週間後。今日も含めて八日しかない。

魔剣『篝狐』を腰に提げるとリディヤは入り口の扉へと進み、開けた。

警護の任に就いていた二人のメイドへ告げる。

「ロミー、関係各所へ急ぎ連絡して。最優先よ。ケレニッサ、リア達は任せるわ」

「畏まりました」「はい、リディヤ御嬢様」

黒髪眼鏡のリンスター副メイド長が御辞儀をし、『首狩り』ケイノス家出身の第五席がアトラ達を抱きかかえ、部屋を出たシフォンの背に乗せる。

紅髪の親友は「リア、アトラ、いい子にしているのよ？」「「♪」」と優しく撫で、扉を閉めて部屋へと戻って来た。

「私達も急いで会議場へ――リディヤ？」

親友の顔が何時になく不安気だ。

近づいて来るや私の左手を握りしめた。……震えている。

「シェリル、その……お願いがあるの」

「聞くわ」

性格は捻くれているし、我が儘だし、アレンを独占しようとするのは許せない。

でも——リディヤ・リンスターは私の親友なのだ。

「——……ありがとう」

紅髪の少女の発した消え入りそうな声は、薪が燃え落ちる音に掻き消された。

短い、けれど納得せざるを得ない話をし終え、リディヤは顔を伏せた。

「……ごめん。でも、貴女しか巻き込めない」

「……そう、ね」

辛うじて応じ、窓の外を見つめる。

リディヤがアレンについてララノアへ行かなかったことは、ずっと疑問だった。

今までだったら強引にでもついて行った筈だ。ティナやステラがそうしたように。

だけど……そうはしなかった。

学生時代より精神的に成長したとしても、本来ならあり得ない。

「…………」

胸に左手を押し付ける。

——私の親友は最後の最後まで迷っていたのだ。

護衛官として、聖霊教の標的対象であろう私を巻き込むのかを。

ゼルベルト・レニエがアレンの前に現れるのは、決定的な状況になってからなのを読み切っていたから……。悲痛な表情の親友を抱きしめる。

「大丈夫よ──リディヤ。貴女だけに背負わせるようなことはしないわ」

「……シェリル」

「大丈夫だから」

此処(ここ)からは私達の戦いだ。

「さ、行きましょう。御父様から許可を奪い取らないとっ！　『工都(こうと)』へ向かう許可をね。その為(ため)に、貴女もフェリシアへ頼みごとをしていたんでしょう？」

＊

「フェリシア御嬢様。サリーさんから連絡です。予定通り、ゾロス・ゾルンホーへェン辺境伯閣下がお越しになられました。現在、客室にお通ししています」

「は、はい、エマさん」

緊張を紛らわす為、リディヤさんに依頼されたらしい遠征物資の書類仕事をしていた、長い栗色髪で痩せっぽちなのに胸が豊かな眼鏡少女――『アレン商会』番頭を務めるフェリシア・フォスはその場で立ち上がり、硬い口調で何度も頷いた。ガチガチね。

商会立ち上げ時から、サリー・ウォーカーさんと共にフェリシアをずっと支えてくれている、リンスター公爵家メイド隊第四席の美人メイドさんは、ソファーに座る私とエリーへ丁寧に会釈をし、部屋を出て行った。

『カレン御嬢様とエリー御嬢様も会談に立ち会っていただけないでしょうか？』

『アレン様より、許可はいただいております』

エマさん達の懸念は当たっていたみたいだ。

私の親友は肉親と兄さんを除き男の人が得意ではない。

同時に……私とエリーも、ララノア共和国の異変を知って以来、落ち込みがちだったし、気を遣われたのかも？

フェリシアがあたふたしながら近寄ってきて、私の制服の袖を摘まんだ。

「ね、ねぇ……カレン？　わ、私の服、変じゃない？？」

「フェリシア。その質問……今朝から何度目？」

「だ、だってぇ……」

この期に及んでうじうじしているこの子が、今や王国全土に名を轟かせる商会の番頭さんだとは信じられない。

　まぁ、会談が始まれば何も問題ないわね。案外と肝が据わってる子だし。

　私の隣に座り、封印書庫の解呪方法を熱心に検討していた、白いリボンでブロンド髪を二つ結びにしたメイド服の少女――エリー・ウォーカーも両手を合わせる。

「フェリシアさん、とても格好いいです！」

　ここ数日、一緒に過ごすことが増えた年下の友人はニコニコしながら親友を褒め称えた。

　兄さんが『エリーは天使なんだ』と言うのも少し分かる。疑惑付きだけど。

「で、でも、やっぱり軍服なんて……」

　被っていた軍帽を外し、恥ずかしそうに抱え込むと豊かな双丘が余計強調され、自然と目が鋭くなってしまう。

　フェリシアが今日着ている軍服は、リンスター公爵家が特別にあつらえた代物で、白基調の色合いと長い丈のスカートがとても似合ってはいる。

　だけど……ティナとリィネ、『勇者』のアリスさんがこの場にいてくれれば！

　私は身体の一部分が余り成長していない同志達の不在を嘆きつつ、呆れ混じりに問う。

「今までも商談はしてきたんでしょう？　そういう時はどうしていたのよ？？」

「い、何時もはそれっぽい服で間に合わせてたの！　商談自体も、私はアレンさんの隣に座って、時々口を挟むだけで良かったし。偉い人と話す機会も……」

フェリシアが子供のように唇を尖らした。

……兄さん、私の親友を甘やかし過ぎです。

そういう甘やかしは、世界で唯一の妹に向けるべきと考えます。戻られたらお説教です。

私は決心を固め、フェリシアをからかう。

「ふ～ん。私とエリーは兄さんの代わり――ってことね。いい加減、男の人とも一対一で話せるようにならないと駄目よ？」

「う～！　カレンの意地悪っ‼　エリーさん～」「あぅあぅ」

涙目になった親友は、頬を膨らませて年下の友人の背に隠れた。まったくこの子は。

資料を鞄に仕舞い、私は兄さんから譲り受けた制帽を被り直した。

副生徒会長を示す『片翼と杖』の銀飾りが輝く。

「今度、休日にみんなで服を見に行きましょう。大番頭様もね」

「……う～。今の言い方、アレンさんにそっくりだった」

「当然よ。私は兄さんの妹だもの」

席を立って胸を張る。獣耳と尻尾が自然と動いてしまうのは仕方ない。

兄さんの真似をして、フェリシアの額へ指をつけ軽く押す。

「ひゃう。カ、カレン？」

「私と同じ王立学校の制服でもいいんじゃない？　捨てたりはしてないでしょう？」

「う、うん……そう、なんだけどね………」

「？」

フェリシアが身体を小さくした。

窓の外で遠雷が鳴る。不吉な予感……！

指と指をつけ、親友が恥ずかしそうに視線を彷徨わせ、縋るようにエリーを見た。

「試しに着てみたら……その、む、胸が窮屈で……」

「あ、分かります。わ、私も最近シャツが合わなくて……」

「…………」

別に私は自分の胸に不足を感じてはいない。いないけど、万が一兄さんの好みの女性像が……いけない。こんな思考は何処かの『剣姫』様と同じだ。

手で制服の埃を払い、私は二人を促す。

「ほら、行くわよ、フェリシア・フォス番頭様？　この場にティナとアリスさんがいなくて良かったわね？　間違いなく敵認定されていただろうし――エリーみたいに」

「て、敵認定って……」「あぅぅ、カ、カレン先生、酷いですぅ」

客室では、赤茶髪が印象的なエルフ族の男性がくつろいだ様子で椅子に腰かけていた。淡い翠の礼服は西方特有のものだ。

この御方とは、オルグレン動乱時に単騎で東都から西都へ赴いた際、知遇を得ている。

制帽を外し、私は深々と頭を下げた。

「おお、カレン殿」

「西都では大変御世話になりました――ゾロス・ゾルンホーヘェン辺境伯閣下。今日は親友に請われて、後輩と共に付き添いで参りました。よろしくお願い致します」

背中に隠れている二人へ『この後、挨拶しなさい！』と目で合図。

魔王戦争では『流星旅団』に所属し戦場を駆け、二百年に亘って王国西方の最前線を守り続けられているゾロス様は手を振り、私を窘められた。

「止めてくれ、止めてくれ。新時代の『流星』の妹君にして、『西方単騎行の勇士』殿に頭を下げさせたとあっては、私は王国西方で生きてゆけぬよ。何しろ、生きた神同然な我が副長様が、各所で盛んに自慢話をされているからな」

「は、はぁ……」

レティ様、何をされているんですかっ⁉

頭痛を覚えつつも、フェリシアとエリーを前に出す。

ゾロス様が目を細められた。

「そちらのメイド服姿の姫がエリー・ウォーカー嬢だな？　東都まで進軍しておきながら、終ぞ話す機会もなかったが」

「！　は、はい」

声をかけられたエリーの背筋が伸びた。

明らかに緊張しているもののスカートの両裾を摘まみ、挨拶する。

「ティナ・ハワード公女殿下の専属メイドを務めています、エリー・ウォーカーです」

「『花賢』様──ああ、チセ様から散々聞かされている。『あの子には私の全てを伝えるつもりだよ』とな」

「ふぇ⁉　チ、チセ様が……？」

年下メイドは驚き、目をパチクリさせた。

半妖精族の長にして、西方随一の大魔法士『花賢』チセ・グレンビシー様は、兄さんの願いでエリーへ植物魔法の真髄を教えている。

御伽噺みたいな『流星旅団』の副長様と分隊長様が私達の話をする。変な気分だ。

制帽を被り直し、緊張で石のようになっている親友を肘で小突く。

「…………」「(フェリシア！　挨拶‼)」

「(う、うん)」

幾度か深呼吸をして私の隣へと進み、フェリシアは軍帽を外した。

「『アレン商会』番頭を務めております──フェリシア・フォスと申します。この度は貴重な会談の機会を与えていただき、有難うございます」

声の震えもなく堂々とした態度。この子は本当にもうっ！

辺境伯もその場で立ち上がり、改めて名乗られる。

「ゾロス・ゾルンホーヘェンだ。何時もは、西の田舎で花やら野菜やら果実を育てて、時折酷い副長様や分隊長様達から、無理難題を押し付けられている。先日は突然、会談延期を申し出てしまい申し訳なかった。フェリシア殿の名は西都にも届いておるよ」

「恐縮です」

自然な笑みでフェリシアは返し、対面の席へと腰かけた。私もその右隣へ。

エリーは廊下で待機していた従姉のサリーさんからトレイを受け取ると、紅茶を淹れ始める。廊下のエマさんが扉を静かに閉めると、辺境伯が目を細めた。

「この香り──我が領内で栽培されているものか」

「はい。レティ様が商会を訪ねて来られた際、手土産に下さいました」

親友の表情に緊張はない。

ただし——机の下の左手は私のスカートを摘まみ、少し震えている。

その間に、エリーは手際よく紅茶を配り終え、私の隣に着席。

フェリシアが「ふぅ」と小さく息を吸い込み、ゾロス様と目を合わせた。

「辺境伯閣下」

「ゾロス、で構わんよ」

「では、ゾロス様、と。本日の御用向きは私共とのお取引とお聞きしているのですが、間違いありませんでしょうか？」

部屋の空気が張り詰め、私とエリーにも緊張が伝播。固唾を呑む。

『ゾルンホーヘェン辺境伯家は西方諸家中で最も金貨を持っておる。ゾロスは、あれで商売が得手なのだ』

楽し気に教えてくださったレティ様を思い出す。

そんな家とアレン商会が取引をする——凄い話ね。

ゾロス様が苦笑いをされた後、鷹揚に頷かれた。

「……副長の入れ知恵か？　その通りだ。本来ならばアレン殿がおられる時に話をしたかったのだが、私は急遽ルブフェーラ公と西都へ戻ることになってしまってな。今晩の汽車で王都を発つ。今日まで訪問が遅れたことを謝する」

「『西都へ？』」

思わず、私とエリーは声を合わせてしまった。

御二人はつい先日、王都へ来られたばかりだったのに……。

親友が眼鏡を動かし、辺境伯へ回答する。

「商圏の拡大は当商会にとっても有難いお話です。是非、詳しくお聞かせ下さい」

「おお！　そうか」

「はい。ですが、その前により良いお取引が出来るよう、御相談が。外ならぬ──アレンの性格についてです」

「ふむ？　アレン殿の性格だと？？」

ゾロス様が怪訝そうな顔になられた。

『辺境伯との取引は、アレンさんが欲している古い伝承や御伽噺の収集と、リ、リディヤさんに頼まれていたことを優先するわっ！　その為に、二人にも手伝ってほしいの‼　──辺境伯閣下を共犯者にしないといけないから』

事前に教えられていた私とエリーは紅茶を飲み、平静を装う。始まったわね。

フェリシアが予定通り話を振ってきた。

「カレン、妹の貴方の目から見て、アレンさんってどういう人？」

「……そうね」

机の上の制帽に触れ、答える。

「誰よりも優しくて、誰よりも勇敢で――諦めを知らない。弱っている人や泣いている人がいたら決して見捨てず、自分が持っているものは惜しげもなく他者へと全部与えてしまう。それでいて恩を返す機会を中々与えてくれない」

私の兄さんは困った人だ。とても困った人だ――何しろ。

「なのに、自分が恩を受けた人と、受け取った恩義はどんなに小さなことでも、何時までも絶対に覚えているどうしようもない人かしら？」

フェリシアが頷き、エリーが大人びた顔で控え目に同意する。

「うん、私もそう思う。時々意地悪が抜けているけど」

「アレン先生はお優しいですよ？　ちょっとだけ意地悪ですけど」

「――くっくっくっ」

私達のやり取りを聞かれ、得心されたらしいゾロス様が笑い声を漏らされた。

魔王戦争を生き延びた歴戦の猛者が凄む。

「それで？　新しき時代の『流星』に付き従うフォス番頭殿は『恩義』を持って貰う為、

田舎貴族の私へどんな条件を出すのかな？」

「二点程、お願いがございます」

私の親友に一切の気後れはない。昔から芯のある子だったけど……。

『フェリシアは凄い子だよ、カレン。僕がいなくても商会は回るんだ。ただ、エマさんとサリーさんに反対されていてね、当分は無理そうなんだ』

水色屋根のカフェで兄さんがしみじみと言っていたことを思い出す。

兄さん、それは半分だけ当たっています。フェリシアが強くなれたのはきっと。

「第一に——西方の市場調査を行う際、古い伝承や御伽噺も合わせて収集していただきたく。当商会でも行う予定ですが、閣下の伝手を使わせていただければ、と」

「ああ……なるほどな。了解した。手を貸そう。二つ目は？」

「現在、当商会の商圏は王国北方から南はアトラス侯国まで広がっています。閣下のご協力が得られるならば、王国の西方も」

親友は問いに答えず、窓へと目線を動かした。

大樹の影が揺れている。

「ですが、私はここで止まるつもりは毛頭ありません」

「…………」

辺境伯の眉が微かに動いた。私とエリーは言葉を挟めない。

満面の笑みを浮かべ、フェリシアは両手を合わせ、大望を披露した。

「何れは王国全土。ユースティン帝国、侯国連合、南方島嶼諸国、ララノア共和国。連邦や十三自由都市、ああ──魔族とも取引をしたいですね」

「「…………」」

室内に沈黙が満ちた。呆気に取られ声が出ない。

フェリシアは兄さんに『大きな絵を描いてください』と手を引かれ、商会に参加した。だ、だけど、余りにも遠大な計画過ぎる。そんなことまで考えていたのっ⁉

「ふぅ……」

辺境伯が息を吐かれ、肘を机につけられた。

美しい双眸には隠しようもない野望の炎が燃えている。

「で、そのような心躍る大構想を私の耳に入れて、何をさせるつもりなのだ？　命が縮む話なのだろうが、無理難題には慣れている。さ、焦らさず言ってみてくれ」

フェリシアは小さく頷き、両手を合わせた。

「では遠慮なく。エルフ、ドワーフ、半妖精、竜人、巨人──各長命種族の古老様達へ、直接聴き取りをお願い致します。『大精霊』と『大魔法』に関わることを全てです」

「なっ⁉」

余裕を見せられていたゾロス様が蒼褪(あおざ)め、椅子も音を立てる。

『オルグレン動乱前、あいつも学校長にほぼ同じ内容を頼んでいたわ。でも——その後の情勢混乱もあって遅々として進んでいない。動かないなら、こっちから動かすしかないでしょう？　長命種族の秘密協定なんて知ったことじゃないわ』

今朝、アトラを預ける際、リディヤさんは傲岸不遜にそう言っていた。

兄さん曰(いわ)く——現在の魔法衰退にもその取り決めが関与しているらしいけど、詳細は分からない。辺境伯の様子からして、余程の大事なのだろう。

対して、フェリシアは表情も口調も一切変えない。

眼鏡の奥には不退転の光が瞬(またた)いている。

「閣下、私も王国西方の出身です。長命種族の長老様達が持たれている絶大な権限は理解を。ですが……」

軍帽を胸に押し付け、真っすぐ視線を返す。

「うちの会頭様が『知りたい』と仰(おっしゃ)るならば是非もありません。万難を排し！　必要な情報を手に入れるだけです——『今』ではなく、『先』の戦いの為に」

「フェリシア……」「フェリシアさん……」

私とエリーは心を打たれる。

この子、知っていたけど――本当に強い。

ララノアの情勢は依然として不明で、フェリシアだって不安な筈なのに、それでも『先』を見据えて行動することが出来る。

リディヤさんが直接頼みごとをしてくるわけね。

ゾロス様は瞑目され、やがて口を開かれた。

「……副長と教授、それと学校長――『大魔導』ロッド・フードル卿の協力は得られるのだろうか？　私だけでは荷が重い」

「全て根回し済みです。協力して下さるなら、アレン商会はゾルンホーヘェン辺境伯家を全面的に支援致します」

「…………」

窓の外の大樹へゾロス様が目を向けられた。

大きく息を吸い込み――決断される。

「分かった。聖霊教の蠢動、今や西方諸家にとっても他人事ではない。時代が動く時なのだろう。それに……私自身も、アレン殿には多大な迷惑をかけてしまっている」

「「……多大な迷惑？」」

私達は聞き捨てならない言葉を繰り返した。

リディヤさんの話だとここ数日、王国の偉い方々は連日会議中らしい。ララノア関係だと思っていたのだけれど……他にも原因がある？

ゾロス・ゾルンホーヘェン辺境伯閣下は答えず、居住まいを正された。

「フェリシア・フォス番頭の提案を受け入れよう。王立学校は臨時休校中だったな？　ロッド卿を実家であるフードル侯爵家に差し出せば良い手土産になる。西都へ連れて行くこととしよう」

＊

魔力灯の下、次々とペンを走らせ僕は無心で書類を仕訳していく。

外は雨が降り続いているようで、時折雷鳴が大天幕全体を震わす。

此処は旧都中央部に築かれた兵站本部。机と椅子が整然と並ぶ様子は壮観だ。

ただし、大休止中なこともあり、僕達以外の人はいない。

近くのテーブルからタロットを混ぜ合わせる音が聴こえて来るくらいで静かなものだ。

「わぁ～♪」「とても綺麗なタロットですね～」

「ありがとうございます、もう少しで占い終わるので待っていてくださいね」

ティナとリリーの歓声に、小さな眼鏡をかけ白と紫基調の魔法衣を身に着けた、短い紫髪で金銀瞳の美女――『天賢』エルナー・ロートリンゲン姫は上品な笑みを浮かべた。

そもそもどうして僕達がこんな場所にいるかといえば、答えは単純。

ようやく、ごく短時間だけ会えたララノア共和国の守護神様に要請されたからだ。

『アレン！　すまないが……エルナーの兵站管理を手伝ってやってくれっ‼』

『……アーサー、拘束魔法を最大展開させながら言う台詞じゃないのでは？』

他国の人間に見せるのはどうなのか、と思う機密書類を恐々処理しつつ嘆息する。

エルナー姫の統括する共和国軍兵站部が限界を超えてしまったのは、リルの伝言で、【氷龍】復活の想定が次の満月だと確定した為だから仕方なくはあるけれど。

書類を纏めて『既決』の札が貼られた箱へと入れ、次の書類を覗き込み固まる。

「あの、エルナー姫」

古いタロットを混ぜているアーサーの従妹兼許嫁の大魔法士様を呼ぶ。

すると、かつて世界を支配したというロートリンゲン帝国の末裔という、正真正銘の御姫様が顔を上げた。

綺麗な笑顔だけど……怖い。

「アレンさん、『姫』は不要です。あとお静かに！　今とても大切な作業をしています。ここで邪念が入ってしまうと、占いがブレてしまいますから」

「先生！」「アレンさ～ん」

「「しー、ですっ！」」

ソファーに並んで座っているティナとリリーさんにまで注意される。ぐぅ。

手が止まったのを見計らい、僕は書類を浮遊魔法でエルナーさんの手元へと送った。

──内容は全軍の配備状況。

「これ共和国軍の機密情報ですよね？　僕が扱うのは」「問題ありません」

書類が僕の手元に戻って来た。短距離転移魔法をこうも簡単に……。

内心で舌を巻いていると、大魔法士様は三枚のタロットを抜き出し宙に浮かべた。

ティナ達が瞳をキラキラと輝かせる。

「貴方のことはアーサーが全面的に認めています。なら──私も信じます。第一です。今は故国存亡の危機ですから、多少の非常手段は許容されるでしょう」

確かに次の戦いで負ければ『光翼党（こうよくとう）』側はお仕舞いであり、ララノア共和国もまた聖霊教の支配下に置かれてしまうだろう。

頬を掻き、リドリーさんのクッキーを僕は齧った。

「……本音は何処に？」

「アーサーが工都奪還作戦を早めた結果、私の部下達は疲労の極致にあります。そして、その原因は貴方の進言にある。御力を貸してくれても罰は当たらないのでは？　息抜きの為の占いも同様です。私の占い当たりますよ？　あの人は嫌がりますけど」

脳裏のアーサーが呵々大笑する。

『ハハハ！　私に書類での戦は無理だっ‼　頼んだっ!!!』

ペンを走らせ、エルナーさんへ提案する。

「今回の件が終わったら、アーサーを拘束して戦後処理の書類仕事をさせましょう」

「それは――とても素晴らしい提案ですね。愉しみにしています。ええ、本当に」

「「フフ……フフフ………」」

「せ、先生？　エ、エルナーさん？」「ティナ御嬢様はこうなっちゃダメですよぉ～」

キョトンとした薄蒼髪の公女殿下を年上メイドさんが注意する。失敬なっ！

大天幕の入り口が開き、白の軍装に外套を羽織ったステラが戻って来た。

輝くような笑顔で報告してくれる。

「アレン様、エルナーさん。倒れられた兵站士官の方々の治療終わりました」

「ステラ、お疲れ様です」「有難うございます、ステラさん」

「御姉様、お帰りなさい！」「ステラ御嬢様、こちらへ～☆」

ティナが手を振り、リリーさんがソファーの上にクッションを設置する。

ステラはちらりと僕の隣の椅子を見つめた後、濡れた外套を脱ぎ、妹の隣へ腰かけた。

宙に浮かぶ三枚のタロットにエルナーさんが触れる。

「丁度、占いも終わりました。まずはリリーさんからですね」

「は～い♪」

元気よく左手を挙げると、長い紅髪と腕輪が弾んだ。

僕もペンを置き、椅子を動かして見える位置へ。

クルリとタロットが反転した。

――描かれていたのはボロボロの外套を着て険しい道を進む猫族の旅人。

エルナーさんがタロットを手に取り、差し出した。

「これは『踏破者』ですね」

「「「『踏破者』？」」」

僕達は顔を見合わせるも――知っている人はいないようだ。

ロートリンゲン家に伝わる独自の品なのかもしれない。

大魔法士様がリリーさんに説明をしてくれる。

「この札は如何なる困難にも打ち勝ち、最終的には夢や目標を達成出来ることを示しています。リリーさんの夢や目標はとても大変みたいですけど、きっと達成出来ます。諦めず、信念と共に前へと進んでください」

「――……えへへ～『踏破者』ですかぁ」

リリーさんの夢や目標は『メイドさんになること』だろうし、もうほぼ叶って――タロットを眺めるハワード姉妹にバレない死角で、ほんの一瞬だけ視線が交錯した。

大人びた女性の美しい笑み。な、何だ？

考える間もなく、リリーさんが両手を握り締める。

「ありがとうございますぅ～。頑張っちゃいます♪」

「応援しています。次にステラさん」

「は、はい」

アッと言う間に、ステラの番になってしまった。

リリーさんを横目で見るも変わった様子はない。気のせい、か？

紫髪の大魔法士様が二枚目のタロットを手にし、差し出した。

——描かれていたのは聖堂で倒れた男を光で包んでいる白服の少女。

「ん～……知っているようなぁ」「同じくですぅ～」

ティナとリリーさんが悩む中、ステラが答えを導き出す。

「小さい頃に見ました——『聖女』ですね？」

僕もこの絵には記憶がある。東都のそれは白髪の狐(きつね)族だったけれど。

エルナーさんが大きく首肯した。

「その通りです。この札は生涯に亘(わた)り多くの人々を救う、と解釈されがちですが……その選択肢はステラさん、貴女(あなた)自身にあります」

「私自身に、ですか？」

ステラが戸惑うと、強い雨が大天幕を叩(たた)いた。

紫髪の大魔法士様はタロットに触れ、昔を懐(なつ)かしむように目を細めた。

「ロートリンゲンの口伝によれば——ここに描かれた実際の『聖女』は生涯に亘って、たった一人の為だけにしか本当の力を行使しなかったそうです。どうか、御自身の大切なものを忘れないようにしてください」

「自分の大切なもの——それなら大丈夫です」「御姉様？」

ステラは隣のティナを優しく抱きしめた。

次いで――僕をリリーさんと同じように一瞬だけ見つめ、御礼を述べる。

「ありがとうございます、エルナーさん」

「頑張って下さい。私は応援しています」

右手の腕輪が明滅し、指輪がキリリと痛んだ。

……僕が何をしたと⁉

天使様と魔女様に心中で文句を言っていると、リリーさんまでもが『アレンさんは酷い男の子ですね～★』とジト目で咎めてきた。冤罪だと思う。

「最後はティナさん」

「はいっ！」

ステラに抱きしめられたままティナが元気よく返事をした。

空中のタロットが裏返り、差し出される。

人々の先頭を歩く魔法士の姿。この絵も見たことがない。

「ん～と？」「絵本にはなかったわね」「同じくですぅ～」

ティナ達も知らなかったようだ。

口元に手を当てたエルナーさんが大きな金銀瞳に驚きを表す。

「まぁ！　これは――『先導者』です。この札が出るのは大変珍しいんですよ？　長年占っていますが、私も初めて見ました」

「ふぇっ⁉」「ティナ、凄いわね」「わ～♪」

公女殿下は前髪を立ち上げて驚き、リリーさんが感嘆する。

直後――今日一番の雷鳴が轟いた。

タロットを丁寧に整え、エルナーさんが真面目な顔になる。

「ティナさんはどの分野に進んだとしても、多くの人達を引っ張っていくことになるみたいですね。国、世界、ひいては――星そのものにも影響を与えるかもしれません」

確かにティナはリディヤに匹敵する天才だ。

そのことに疑問を持ったことはないけれど……『星』ときたか。

本人も僕と同じ感想を持ったようで、小首を傾げた。

「ん～……あんまり実感が湧かないです！」

「フフ、そうですよね。さ、次はお待ちかねの恋占いでも」

「失礼致します」

エルナーさんが言い終わる前に大天幕の入り口が開き、淡い黒髪を三つ編みにした、美貌だが無表情のメイドさんが入って来た。ハワード姉妹がいち早く気付く。

「「チトセ？」」「えっと……」

戸惑う僕へリリーさんがこっそりと囁いてきた。

「（ハワード公爵家メイド隊第五席さんですね～。双子の妹さんもメイドさんです）」

「（……助かります）」

工都に潜入中のオリーさんに、ララノアにいる席次持ちメイドさんについては教えて貰ったものの、会ったことはないので顔が分からなかったのだ。有難い。

美貌のメイドさんは僕達の前へとやって来るや、スカートの両裾を摘まみ会釈。

「オリー様が工都から御戻りになられました。敵情について急ぎ皆様へ御報告したいと仰られています」

「了解です。潜入された皆さんは御無事ですよね？」

「い、い、い、工都と旧都を繋ぐ地下水路より全員帰還しております。今は本営でお待ちです」

心底ホッとする。第三席さんは見事、困難な任務を達成してくれたようだ。

僕は公女殿下達へ指示を出す。

「ステラ、ティナ、リリーさん、移動の準備を」

「「はいっ！」」「はい～」

すぐさま動き始めた少女達が頼もしい。

最後の書類を木製の箱へ入れ、紫髪の姫に報告する。

「エルナーさん、箱に積まれていた分は一通り終わらせておきました。ララノアの兵站術は『統制』シェリー・ウォーカーさんが元になっているようですね？」

エリーのお祖母さんであるハワード公爵家メイド長は王国屈指の兵站官だという。

北方諸家軍が王国東部国境で活動出来ているのはその辣腕故だ。

エルナーさんが大袈裟に驚かれる。

「あの量をこなされるだけでなく、私の秘密まで……怖い御方」

「『天賢』様には敵いませんよ」

「ティナさん達がアレン様を意地悪だと言われるのが分かります。御礼にこれを」

大魔法士様は何もない空間からタロットを取り出され、同時に静音結界も張られた。

僕のことも占ってくれていたらしい。

描かれていたのは、流れる星空の下に佇む長髪の少女と黒髪の少年。

「『調律者』です。古い物なので、女の子の髪は色が褪せてしまっていますが……ティナさんの『先導者』以上に出ることはありません。また、余り良いとは。私が知る限りこの札を出したのは、数百年前に途絶えた『アッシュフィールド』家、最後の当主だけです」

「……なるほど」

静音結界を張ったのも、ティナ達が聞くと心配すると判断した為らしい。口調からして、禁忌に近いのだろう。

……また新しい『フィールド』の家か。

エルナーさんが指を鳴らされた。

旧都全体に鐘の音が鳴り響く。大休止は終わりのようだ。

ペンを回し、ロートリンゲンの御姫様は意地悪な顔をされる。

「神が去り、古の英雄達の時代も終わりを告げようとした頃――そこに描かれた二人は世界を巡り、一時的とはいえ『律』を修繕した、と我が家には伝わっています。そして……その男の子は大変な女難だったそうです。頑張ってくださいね」

途端に、右手の腕輪と指輪が同意するかのように明滅した。

占いの結果が女難に注意だなんてあんまりだ！

静音結界を崩し、入り口のティナ達へ手を振る。急がないと。

初めて会ったのに、後列のチトセさんがずっと僕を睨んでいるし。

『っ！　っっ⁉　～～っ！？！！！』

大天幕に戻って来た兵站士官達が、書類の山が突き崩されたことに声なき歓声を上げる中、僕はエルナーさんに一礼した。

「頭の片隅に置いておきます。有難うございました」

＊

「おお！　アレン待っていたぞ」

入り口の布を潜り元は皇帝の離宮だったという廃墟に設けられた軍本営へ入ると、真っ先に金髪の美青年——『天剣』アーサー・ロートリンゲンが僕に気付いた。

金銀瞳と整った容姿。白と蒼を基調にした鎧と金糸で刺繍されたマントを身に着け、両腰には純白の鞘に納まった魔剣『篝月』『狐月』を提げている。

傍には三角帽子のミニエーと魔銃持ちの護衛達が控え、奥の椅子には蒼白い顔をした、ララノア共和国元首オズワルド・アディソン侯爵が腰かけていた。

他にいるのは静かに控えるオリーさんだけ。あくまでもこの会議は極秘のようだ。

「私以外の者は外せ」

「……了解」『……はっ』

アーサーの命を受け、ミニエーと護衛兵達が不承不承といった様子で本営を出ていくと、リリーさんとオリーさんが静音魔法を多重発動させた。

机へと近づき、困難な工都潜入を達成してくれた眼鏡メイドさんへ頭を下げる。

「オリーさん、お帰りなさい。早速ですが報告をお願い出来ますか？」

「畏まりました。チトセ、投影を」

「はい」

三つ編みメイドさんが光魔法と闇魔法を同時発動すると、机上に工都の地図が立体的に投影された。見事な複合属性魔法！

地図へ目を落とし——驚く。

「【氷龍】が……」「いない？」「ムムム～」

先の戦いで僕はティナと大精霊『氷鶴』の力を借り、恐るべき龍を凍結させた。

にも拘わらず、地図上にその存在は確認出来ない。

あるのは建国記念府全体を飲み込んだかのような真っ黒な大穴だけだ。

オリーさんが小型映像宝珠を取り出し、投影させた。

「敵兵を尋問しましたところ、【氷龍】は自らの重みに耐えかねて記念府地下へと落下した模様です。現在はこの者達により凍結の解呪が進められています」

『っ⁉』

聖霊教の粗末なローブを身に纏った獣人族達が植物で階段を作り出し、大穴へと降りていく。その内の一人を僕は知っている。

「ま。まさか、そんな……」

記憶の中よりも年老いたように見える白髪で小柄な獣人男性――オルグレン動乱時、猿族族長のニシキと共に叛乱軍側へ情報を横流しし、戦後は息子のクーメや少数の一族を連れ聖霊騎士団領へと遁走した東都鼠族の長ヨノだ。

確かに目撃情報はあったけれど……ニシキやクーメ、他の獣人達も工都に？

「先生！」「アレン様、椅子にお座りになってください」「はい、こっちですよ～」

ティナとステラが僕の異変に気付き、リリーさんが有無を言わさず椅子を持って来た。

「……有難うございます」

礼を返し、腰かける。

ヨノにも、歳の近いクーメにも良い思い出を持っているわけではない。

けれど『獣人が自分達を虐げてきた聖霊教に協力している』という事実はとても苦い。

待ってくれていたオリーさんが顔を伏せた。チトセさんの表情も硬い。

「私を含む席次持ち数名にて、地下の状況把握を試みましたが……警戒厚く、失敗に終わりました。偵察期間中、獣人族達の中で大穴を脱した者はおりません」

「……申し訳ございません」

「大丈夫よっ！」「みんな、無事帰って来てくれて良かったわ」

ティナとステラがメイドさん達を励ます。

オリーさん達の瞳に二人への感謝と敬意が現れ、深々と頭を下げた。

「（御嬢様達がハワード家でもリンスター家でも、と～っても人気があるのはこういう所なんでしょうね～。アレンさんも見習ってくださいねぇ？　何れ必要になりますよぉ）」

メイドさんの内部事情を年上メイドさんが耳元で密告してきた。……必要になる？

オリーさんが地図に手を伸ばすと、警戒すべき人物達の駒と、布陣済みの兵数が次々と出現していく。

顎に手をやりアーサーが呻いた。

「想定よりも多いな」

アディソン侯を旗頭とする『光翼党』側には、共和国軍の主力約五万がついている。にも拘わらず、工都郊外の敵兵力はほぼ同数だ。

疑念の視線を受け止め、オリーさんが説明を再開する。

「『天地党』当主マイルズ・タリトーは勢力圏下にある全兵力を、工都外周部に集結させています。南部の港湾都市スグリを制圧したのは聖霊教異端審問官達のようです」

「そして、工都には聖霊教使徒達とそれに従う少数の精鋭を配置し、建国記念府の周囲を固めている。……守りに徹せられたら【氷龍】復活までに工都へ辿り着けない、か」

「…………」

アーサーが顔を顰め、アディソン侯は目を閉じられた。

ギルのことだから、対岸で魔法通信傍受をしてくれているとは思う。王都に工都の異変も伝わっている筈だ。

けれど、『四英海』が封鎖されている以上、増援の望みは――両袖と肩を掴まれる。

「先生、私が！」「ティナ、『私達』よ」「お任せください～♪」

元気いっぱいなティナと凛々しいステラ。普段と変わらないリリーさんに、暗い考えが雲散霧消した。

「三人共、頼りにしています」

「「「はい！」」」

表情を微かにやわらげ、オリーさんが手で指示を出した。

チトセさんが映像宝珠に触れる。

「次に――最も警戒すべき聖霊教の使徒達です。絶対に捕捉されないよう、大鉄橋対岸から超々遠距離索敵を行いました」

『っ⁉』

建国記念府の跡地に立つ使徒が深紅の斬撃を放つや、巨大な軍事用の尖塔が半ばから両断され、土煙を上げながら倒壊していった。

――この血の斬撃は。

ティナとステラの信頼篤きメイドさんが、怜悧に告げた。

「私共以外にも見学者がいたようです。その後の偵察を総合しますと、常時地上にいるのは使徒イブシヌルとイフル。他の者は地下に籠っており総数は不明です」

『…………』

本営の空気が重苦しさを増し、アーサーですら腕を組んだ。

自称『聖女』によって任命された、聖霊教の使徒達は強い。

しかも、使徒達の手には、神代の宝飾士【宝玉】が磨きし宝珠が嵌められた、アディソン家の魔剣『北星』がある。個の戦闘力はより向上しているだろう。

三つ編みメイドさんが手を翳し映像を切り替えた。尖塔を切断された直後らしい。

イフル達と話し込んでいる手には何も持っていない、背を向けた長身の男。

――心臓が酷く軋んだ。

オリーさんが、淡々と説明する。

「ただ、大規模魔法通信妨害を行っていると推測された、使徒次席の『黒花』は工都を去りました。その代わりに謎の男が加わったのを確認しております。正体は不明――」

「分かっています」

『?』「「「…………」」」

アーサー達が怪訝そうな顔になり、ティナ達は各々僕の服を握り締める。

溢れそうになる激情を抑え込む。

「彼の名前は――ゼルベルト・レニエ。難敵です。アーサーとリドリーさんが討った老吸血鬼イドリスを超えていると思ってください」

「……まさか」

侯爵がハッキリと顔を引き攣らせた。

イドリスとの戦いについて詳細は聞いていないが、戦慄せずにはいられない相手だったことは想像がつく。

五年前は僕もリディヤやシェリル、ゼルと一緒にあの怪物と戦ったのだから……。

アーサーが真っすぐ問うてくる。

「因縁があるようだな、アレン」

「ええ。親友――……でした」

何時も通り返答したつもりなのに、声が震えてしまった。情けない。

僕の服を掴む少女達も心配そうに表情を曇らせる。

「先生……」「アレン様……」「…………」

――いけない。大小の修羅場を潜り抜けているだろうリリーさんはともかく、ティナとステラに心配をかけてしまっていては、勝てるものも勝てなくなってしまう。

オリーさんへ目配せすると、察してくれたようだ。説明を再開してくれる。

「他に警戒すべき敵としては――一人目の内通者、元共和国海軍士官スナイドル率いる魔銃隊、二人目の内通者、マイルズの娘であるイゾルデ・タリトー、元王国第二王子ジェラルド・ウェインライトはアディソン侯の屋敷にいると思われます。リドリー公子殿下、アーティ侯子の行方は残念ながら不明です。最後に――アレン様」

直後、ゼルの映像が消えた。

操作をしてくれたチトセさんへ目で御礼を示すと、頭を下げてくれた。嫌悪されているわけではなさそうだ。

薄ブロンド髪のメイドさんが新しい映像に切り替える。

「「あ！」」

ティナとステラが同時に叫んだ。

鎖に繋がれ、牢へ入れられている壮年の男性。窓の外から撮影されたようだ。

オリーさんに質問される。

「此方の人物について御確認を願います」

「エルンスト・フォスです」

オルグレン動乱時、娘のフェリシアを人質に取られたと信じ込み、兵站維持に協力。

使徒イブシヌルこと、レーモン・ディスペンサーに拉致された不運な人物だ。

「僕の番頭さんのお父さんです。生きていて、ホッとしました」

返答を受け、オリー・ウォーカーさんはスカートの両裾を摘まんだ。

「報告は以上となります。都市内にあれだけの感知網が張り巡らされていますと、奇襲は不可能かと愚考致します」

『…………』

皆が黙り込む。僕達には時間が限られている。

なのに奇襲が出来ないなんて……。

「何も問題はない」

「……閣下？」

アーサーが視線を向けると、黙って報告を聞かれていたアディソン侯が目を開かれた。

「我等には【氷龍】復活までに工都を奪還する責務がある。必要とあらば、全てを使おう。『花天』殿が残された魔法も含め、だ。アーサー、これ以降、愚息アーティの調査は不要。今の我等にそのような余裕はない。弟と──マイルズとの決着は必ずつける。裏切ったイゾルデともな」

『…………』

国の為ならば実の息子、血の繋がらない弟とその娘を犠牲にする覚悟か。

初めて会った時よりも白髪が増え、目に濃い隈を作られた侯爵が僕へ頭を下げた。

「アレン殿。本来ならば、王国の使者である貴殿等は何としても脱出させなければならないことは分かっている。……だが」

「分かっています」

皆までは言わせず手で制し、ティナ、ステラ、リリーさん。控えているメイドさん達。

アーサーと頷き合う。この場にいるみんなの意志は同じだ。

拳を心臓に押し付ける。

「【氷龍】の完全復活は何としても防がないといけません。協力します」

「──……感謝する」

心身共に痛めつけられている侯爵は、笑おうと頬を微かに引き攣らせた。

右手の指輪が数度明滅。ちゃんと聞きますよ。

「一点だけ質問させてください。【氷龍】が封じられていた記念府の地下――その奥には
いったい何があるのですか？『儀式場』ではないのですか？」

「……奥だと？」「…………」

アーサーが片眉をあげ、侯爵は黙り込まれた。

「『儀式場』が……？」「王宮地下にあったものと同じ？」「…………」

僕の深刻な様子にティナ達は固唾を吞み、リリーさんが考え込む。

侯爵は深く息を吐かれた。瞳には憂いと迷いが見て取れた。

「……分からぬ。知っていたであろう祖父は急死を遂げた。以来、奥へと立ち入った者は
私の知る限り『花天』殿だけだ。『触れてはならぬ』と仰っていた」

上手い嘘吐きは、一部に事実を混ぜるものだ。

――オズワルド・アディソン侯爵は僕に嘘を吐いている。

「『仮に良きモノであろうとも、人の使い方次第で悪しきモノへと変わる』――僕は父に
そう教わりました」

父のナタンと母のエリンは、幼い僕やカレンによく本を読んでくれた。

そこで教わったことが今の僕を形作っている。

たとえ迷子になったとしても、目印となる『星』が僕の内にはあるのだ。

外で雷鳴が轟く中、断言する。

「聖霊教側にも彼、彼女等なりの『正義』があるのでしょう。けれど……僕達はそれを必ず止めなければなりません。世界全体に『聖女』の底知れない憎悪を拡散しない為に」

「――……全面的に同意する、狼族『流星』のアレン殿」

暫しの沈黙後、侯爵は重々しく返答され、左手を掲げられた。

瞳の奥にあるのは何かを決意した者だけが見せる覚悟だ。

「すまぬが、アーサー以外の者は下がってくれ。内々の話がある」

「と、いうわけだ。アレン、気になる点があったら、自由に動いてくれて構わない。ララノア共和国軍元帥『天剣』アーサー・ロートリンゲンが許可する」

ララノアの英雄様は快活に僕の肩を叩いた。

――ただし、金銀の双眸は笑っていない。侯爵を問い詰める腹なのだ。

僕はティナ達を手で促し、本営を後にする。

外へ出ると、すぐさまアーサーの重厚な結界が張り巡らされた。

絶対に話を外部へ洩らさない、という強い意志を感じさせる。

――『気になる点』か。

僕は次々と傘を広げていくティナ達とチトセさんから少し離れ、薄ブロンド髪のメイドさんへ質問した。

「オリーさん――ララノアに来られている席次持ちのメイドさんで、ユースティンの皇都に一番早く駆け込める方は誰でしょうか？」

＊

炎で焼け落ちた黒き花が舞い、紅月の光が降り注ぐ旧都郊外の名も無き礼拝所。

空には不気味な紅の三日月が浮かんでいる。

少し離れた場所では『白』と『赤』の影が凄まじい速度でぶつかり合い、悲鳴じみた残響、炎片と鮮血を撒き散らしている。

切断されたリンスターの炎剣『従桜』は地面に突き刺さったまま。

燎原の広がる、地獄のような戦場を必死に逃げ惑う僕――アーティ・アディソンに、寝間着を鮮血に染めた少女が恍惚の叫びを上げながら襲い掛かってくる。

――瞳は深紅。背に血翼。

両手には血で作られた短剣が握り締められている。

『嗚呼！　嗚呼!!　嗚呼!!!　アーティさまぁ！！！！！　聖女様の御慈悲を受け、私と一緒に永久に生き続けましょうぉぉぉぉぉ！！！！！』

『っ！』

地面を転がり、婚約者だった少女――聖霊教の内通者、イゾルデ・タリトーの一撃を辛うじて躱す。口の中の血の味が広がった。もう魔力は空だ。

それでも抵抗すべく、金属製の魔杖を掲げようとするも――

『！　ひっ』『ウフフ……っ～かまえたぁ』

首筋に血の短剣が突き付けられた。

恐怖で身が縮み、泣きそうになりながらも質問する。

『イゾルデっ！　どうして……何でっ、君が吸血鬼にっ！』

答えが返って来る前に、半ばから折れた炎剣を持つ赤い髪色の男性――『剣聖』リドリー・リンスター公子殿下が黒花の中に倒れこんだ。ピクリ、とも動かない。

外套下に着こんだラノアの騎士鎧は無惨に斬り裂かれ、身体は血に染まっている。

『リドリー様っ!?　そ、そんなっ!!』

古称号『剣聖』を戴くリドリー様が負けるなんてっ。

いや、僕を助ける為に『従桜』を折られなければ。

僕が……僕が一人でイゾルデの後を追わなければ、こんなことにはっ。

血刃を突き付けられ一歩も動けず、涙で視界が曇っていく。

紅月が雲で陰り、突き刺さった『従桜』に使徒ゼルベルト・レニエが降り立った。

細めた深紅の瞳にあるのは憐憫。

『アディソンの倅子、お前さんも運がないな。俺とそっくりだ。まぁ……諦めろ』

『アーティ様は貴方様に似ていませんっ！　もっと愚かで可愛らしいんですっ‼』

もう……駄目だ。

僕が全てを諦めた直後——礼拝所に白い閃光が走った。

＊

「うわぁぁぁぁぁっ！！！！！　っ⁉」

悲鳴をあげて、その場で上半身を起こすと激痛が走った。

今のは……夢？

混乱する頭で、淡い翠光に包まれた周囲の空間を見渡す。

僕達が戦っていた礼拝所に似ているような……それに、水の音？

「起きたか、アーティ」

近くの枯枝から赤髪の青年が降りて来た。上半身と両腕に包帯を巻いているが、普段通りだ。心の底からの安堵を覚え、同時に凄まじい悔恨が噴出する。

「リドリー様、御無事だったんですね！　ごめんなさい……。僕が、僕のせいでっ」

瞳から涙が零れ、拭っても拭っても止まらない。

すると、赤髪の公子殿下は近くの枝にかかる毛布を投げつけてこられた。

「泣くな。この通り私は生きているっ！　菓子の路を究めるまで死なんっ！」

「——……はい」

涙を止め、無理矢理笑う。

『辛い時でも笑え』

アーサー様の教えだ。

根に座られたリドリー様に質問する。

「でも、どうやって使徒達から逃げ切ったんですか？　しかも、此処はいったい……」

「工房都市の最深部にして始まりの地――【宝玉】の礼拝所だ」

背後から知らない男性の声。若いような、年老いているような。

しかも、【宝玉】って、あの御伽噺で語られる……？

振り返ると――狼の頭骨が宙に浮かび、口を大きく開けていた。

「っ！？！！　ほ、骨が喋って――」「アーティ」

慌てて魔法を紡ごうとした僕をリドリー様が手で制され、金属製の水筒を骸骨へ無造作に放り投げる。

「老師、命を救っていただいた恩は何れ必ず御返し致しますが……余り幼き者を脅かされませんように。趣味が悪いですぞ」

骸骨が掻き消え――

「ぬっ！　よもやリンスターの変人に諭されるとは」

白髪で獣耳と尻尾を持ち、道着にボロボロな外套を羽織った男性獣人が姿を現した。

背は子供のように低く、僕と変わらない年齢に見えるものの……魔力に底がない？

リドリー様が干し肉を噛み砕き、教えてくれる。

「アーティ――この御老人は狐族のフゲン殿。私とアーサーと共に、老吸血鬼イドリスを討伐された御方だ」

「えっ！？！！」

「……成り行きだ。干し肉を食うな、馬鹿者が」

絶句する僕を気にせず、フゲンという名の老格闘家はリドリー様から布袋を奪い取る。

幻想的な翠光の中、軽く跳躍するや、遥か頭上の石柱上へ――人間の技じゃない。

「お前達を二度も不本意に助けたことで、面倒な使徒共が儂を追って来るかもしれぬ。傷の手当をし、炎剣の回復も終わった。枯れた世界樹の根を伝い――とっとと去れ。この地を戦場にするのは忍びない」

石壁に手を伸ばすや――空間を斬り裂き、炎が線を描いた。

リドリー様が無造作にそれを受け取る。

使徒によって断ち切られた炎剣『従桜』だ。

僕は目を見開く。

「どうして……？」

「世は神亡き時代になって久しくとも、精霊は星と共にある」

音もなく地面に降り立つや、老獣人は何でもないかのように独白し――

「精霊の力が強き武具は簡単に死なん。このような古き力が満ちた地ならば猶更だ」

回転しながら蹴りを放った。

翠光がまるで意志を持つかのように明るく輝き、僕達のいる場所を映し出した。

七本の石柱と広場。中央に小さな祠。

四方では清冽な水面が光を反射した。地底湖だ。

旧都と工都の地下は水路で繋がっていると聞いていたけれど……本当だったなんて。

リドリー様は炎剣を幾度か振るわれた後、立て掛けてあった鞘へ納められた。

「老師！　敢えてお願いが――」「参戦は断るぞ」

機先を制し、フゲン様は水筒を呷られた。闇の先に目線を移す。

「儂は戦いに飽きた。飽きてしまった。開祖のように戦い続けることは出来なんだ」

「……………」

僕だけでなく、リドリー様も沈黙する。

老人の言葉の意味は理解出来ないものの、悲哀と自虐が感じ取れた。

「教えに従い大陸全土を放浪して幾星霜。生にしがみつくつもりは毛頭ないが……可愛げのない弟子と再会した際に文句は言わねばならぬ。それまでは死ねぬ。故に断る！」

「ですが、老師。アレンならば――」「お主等の流派は全くもって難儀じゃのぉ」

「⁉」「……ぬ」

水の上を長い白銀髪の美少女が軽やかに歩いて来た。右肩に白猫を乗せている。

その都度、髪先の黒と蒼のリボンと外套の袖と裾が揺れる。着ている服はエルフ族の民族衣装のようだ。

「「………」」

理解し難い光景に、僕とリドリー様は硬直してしまう。

この子は確か……アレンさん達と一緒にやって来た、リルという名の。

美少女は広場に降り立つと、外套の埃を手で払った。

「久しいの、フゲン坊。よもや、このような地で会うとは――」

老人の姿が消え、大衝撃と閃光が遅れて空間を駆け巡る。

「～～っ⁉」「御見事です、老師」

僕は悲鳴をあげ、リドリー様は赤髪を手で押さえ変わらぬ口調で称賛された。

老人の正拳突きは地底湖水面を湖底まで割り、巨大な石を天井から落下させた。

にも拘わらず広場内は平穏そのもの。魔法がかかって？

「容赦がないのぉ。私と汝の仲ではないか」

「どうして、貴様が工都に……その身体は……」

構えを解かれないまま、フゲン様が石柱頂上の竜像に座った少女を怒鳴りつける。

リドリー様は動かれるつもりはないようだ。翠光が激しく明滅した。

「色々あっての。『リル』と呼べ。ああ──アレンも工都に来ておるぞ」

「！……貴様っ！　我が弟子に何をしたっ‼」

怒気を露わにしたフゲン様の身体から桁違いの魔力が噴出する。

赤髪の公子殿下へ目で確認するも、微かに頭を振られた。

……『剣聖』様ですら、この少女には太刀打ち出来ないと？

座ったままの美少女が冷たい口調で勧告してくる。

「フゲン──我が戦友の系譜に列なる汝ならば分かろう？　創られた哀しき龍程度は許容出来る。【龍神】の末に『銀氷』を混ぜたとて所詮はマガイモノぞ。敵ではない」

「「…………」」

【英傑殺しの氷龍】が創られた……？

ロートリンゲン家に伝わる神代の双剣で操っているんじゃないのか？？

──背中に過去最悪の寒気。

「が、『奥のモノ』は駄目だ。まずないとは思う。が、世は万が一に満ちておる」

石柱にいた筈の美少女はいなくなり、フゲン様の近くの水面に立っていた。

一切移動方法が分からない。未知の転移魔法？　冷や汗が頰を伝う。

「アレ等が外に出て来るようならば——私も剣と槍を二百年ぶりに振るうぞ？　ロスの遺言がある故な。その前に汝も我を張らず、愛弟子に手を貸すべきではないか？」

「…………」

細く白い指が、苦衷を滲ませるフゲン様の首筋に触れた。

会話の内容は分からない。分からないけれど——アーサー様もそうだった。

『英雄』という存在は、自らの知らない所でも嵐を巻き起こす存在なのだ。

# 第3章

「え？　私もララノアに⁉」

「そうよ。出発日は一両日中。私の義妹になる子が嫌とは言わないわよね？　カレン」

長椅子に座る長い紅髪で剣士服姿の美少女――『剣姫』リディヤ・リンスター公女殿下は、長い脚を組みわざとらしく肩を竦めた。

アレン商会でフェリシアの仕事を手伝っていたところを呼び出され、制服姿のままの私は前髪に触れ、リンスター公爵家御屋敷の窓から覗く王都を見やる。

灰色の雲に覆われた風景は昼間だというのに寒々しい。もう、冬なのだ。

手を伸ばし、ソファーでクッションを抱えたままお昼寝中のアトラとリアと白狼のシフオンを撫で、リディヤさんへ硬い声で返答する。

「フェリシアへ遠征用の物資調達を頼んでいたのはこの為だったんですね？　……あちらの情勢はそれ程悪化しているんですか？」

「想像以上にね」

「昨日の晩、ユースティンの皇都から急報が入ったの。伝えて来たのはラノアに潜入していたハワード家のメイドよ。帝国領内を突っ切ったみたい。はい、これ」

リディヤさんの隣に座る、長い金髪と白の魔法衣が印象的な『光姫』シェリル・ウェインライト王女殿下は緊張感を漂わせ、浮遊魔法で報告書を送ってきた。

素早く目を通し、私は口元を押さえる。

「……嘘……」

共和国首府が『天地党』側に占領されただけじゃなく、『四英海』と港湾都市スグリが、敵艦隊と聖霊教異端審問官に封鎖され、軍用グリフォンも墜とされた⁉

こ、これじゃ、兄さんやステラ達を助けに行くことなんて……。

しかも、工都には複数の聖霊教使徒達と、百年前の建国戦争で使役された【英傑殺しの氷龍】？　兄さんとティナが辛うじて凍結させたけれど……次の満月の夜に復活する？

オルグレン動乱時、兄さんは東都のみんなを守る為に命を懸けた。

龍という存在を私はよく知らないけれど、どうせとんでもない怪物だ。

このままだと……小さな手が私の頰に触れた。

「カレン。アトラ、いるよ？」「リアもいる～！」

何時の間にか目を覚ました、白髪と紅髪の獣耳幼女達が私を勇気づけてくれる。

愛しさが込み上げ、白服の二人を抱きしめ頬ずり。

「ありがとう、アトラ、リア」「「♪」」

リディヤさんが水色屋根のカフェ特製タルトをフォークでかき、突き刺した。

「東部国境にも聖霊騎士団の大軍が集結しているわ。オルグレン公爵家及び東方諸家と派遣中の北方諸家軍は動けない。例によって、魔法通信も大規模阻害中よ」

「……『黒花』の仕業ですね」

使徒次席を名乗る半妖精族の魔法士は恐るべき相手だった。

ララノアでも交戦する可能性は極めて高い。

公女殿下と王女殿下の瞳に鋭さが滲む。

「アトラとリア――そしてアレンの見立てだと【氷龍】復活は次の満月の晩」

「父上も『万難を排し行動する』と決断されたわ。私達は聖霊教に対して受け身での対応を強いられてきたけれど……主導権を取り戻さないと」

オルグレンの動乱以降、聖霊教は大陸西方各地で王国を、侯国連合を、ユースティン帝国を、そしてララノア共和国を翻弄し続けてきた。

だけど――忍従の時がようやく終わる。反撃の時だ！　私はリディヤさんに頷く。

「その結果が、東部国境への増援としてワルター・ハワード公爵殿下とレティシア・ルブフェーラ様、『四英海』にリサ様とフィアーヌ様、リンスター公爵家グリフォン隊主力の派遣なんですね。でも、私達はどうするんですか？」

『軍神』『翠風』『血塗れ姫』『微笑み姫』――国王陛下は敵が戦力を分散させた機を逃さず、王国の誇る英雄達で各個撃破されるおつもりなのだ。

　聖霊騎士団には大打撃を与え、『四英海』の封鎖も解かれるだろう。

けれど、王都から工都までは軍用グリフォンでも通常五日。次の満月は三日後。

　途中で交戦していたら到底間に合わない。

工都を直接強襲出来る――例えばそう、『天鷹商会』だけが使役する、大陸西方で最も速く、かつ高く飛べる機密指定用の黒グリフォンでもなければこのままじゃ。

　紅髪の公女殿下も厳しい顔になり、懐中時計の蓋を開け閉めされた。

「リィネへ指示は出したわ。御祖父様達は侯国連合統領との会談で今、水都に。御父様と叔父様も王都を離れられない。使える限りの伝手も使ったけれど……望み薄ね。『四英海』、港湾都市スグリでの連戦を覚悟しておきなさい」

「……リィネに？　分かりました」

現在、兄さんの言いつけで南都へ調査に赴いている真面目な後輩を思い出す。リディヤさんの表情からして、まず不可能な指示を受け、今頃頭を抱えていることだろう。

一旦硬い話は終わり、とリディヤさんが行儀悪くタルトを手で取る。

「それはそうと――カレン、御母様達に『様』付けは禁止と言われているでしょう？　困った義妹ね。罰よ。今度うちの屋敷で服を着てもらうわ。うちのメイド達から嘆願状も来ていたし、あいつと一緒ならいいでしょう？？」

「！　兄さんと一緒――……コホン。いいですか？　私に義姉はいません。何百回言えば理解してくれるんですか？　あと、服も着ませんっ！」

甘美な提案に心が揺らぐも踏み留まる。

兄さんには色々な服を着てもらいたいけれど、私と二人きりの時がいい。

「？　！」「耳、ぴこぴこ〜」

アトラとリアが私の真似だろうか、その場で獣耳と尻尾を嬉しそうに動かし、シフォンのお腹に飛びついていく。

以前、アンナさんに提案された宝珠貸与の話、聞いてみようかしら……。

「まったく素直じゃないわね」

リディヤさんのお姉さん面が癪に障る。兄さんにお説教してもらわないと。

私達の様子を観察していた、シェリルさんが優雅に紅茶を飲まれた。

「そうよ、リディヤ。カレンは私の義妹に――」「『王女殿下は黙る!!』」

戯言を封じると、シフォンは顔を上げ『あ、普段通りですね』と納得し目を瞑った。

私とリディヤさんに発言を一蹴された王女殿下が、わなわなと肩を震わせる。

「……い、遺憾だわ。大変遺憾だわ。これもそれも、アレンが日頃から貴女達を甘やかすのが悪いのよっ！　少しは私に回してくれるべきだと思わないわけっ⁉」

「いいえ、全く」「別に甘やかされていないし？」

リディヤさんを甘やかし過ぎ、という指摘には全面同意する。

けれど……兄さんが、妹の私を気にかけてくれるのは世界の理だ。

腕組みをして、リディヤさんと交互に指摘する。

「シェリルさんは隙がない、というか」「あんた、自己完結するじゃない？」

「あと、兄さんは強い良識を持たれているので」「王女殿下相手ではね」

こういう時は呼吸が合う。付き合いも長くなってきたせいなのかも？

空のカップにリディヤさんが新しい紅茶を注いでくれたので、小皿に焼き菓子を取り分け手渡す。兄さんがいない時は何時ものことだ。

大きな瞳に拗ねを滲ませ、シェリルさんが指を突き付けてきた。

「くっ！　こ、こういう時だけ仲良く結託してっ‼　べ、別に、私の権限で貴女達のララノア行きを撤回してもいいんだからねっ！」

「「はいはい」」

「きー！　意地悪っ‼　アレンに言いつけるんだからっ‼︎　……うぅぅ。シフォン～。カレンとリディヤが私を虐めるの～」

「う～」「シフォンはリアのだよ？」

子供のように駄々をこね、将来の女王陛下は白狼に抱き着いた。幼女達が不満そうに白い袖を引っ張っている。

紅髪の公女殿下はそんな親友を呆れた目で見た後、左手を振られた。

「話の続きよ。ルブフェーラ公は西方の異変でレティ様を除き動けないわ。詳細は私もシエリルも知らない。秘匿具合から見て魔族……もしかすると、『魔王』絡みかもね」

「！　『魔王』ですか？」

二百年前の魔王戦争では、『流星のアレン』の当時は『彗星』の異名だったレティシア・ルブフェーラ様、そして『三日月』を相手にしたという魔族の王。

血河は自分の目で見たし、『流星旅団』に所属された方々から戦場話も聞いた。

でも、実感がまるで湧かない。

何しろ——あんなに強い人達が**『相手にすべきではない！』**と言うばかりなのだ。

金髪の王女殿下が復活し、長椅子に座り直した。

「もう賽は投げられたわ。とっとと解決して、毎回事件に巻き込まれるアレンをお説教しましょう？　カレン、私にも焼き菓子をくれるかしら？」

「全面的に同意しますが、シェリルさんも行かれるんですか？」

私は小皿に焼き菓子を取り分け、おずおずと尋ねた。

次期女王陛下が外国へ遠征するのはまずいんじゃ……。

リディヤさんが頬杖をつき、処置なしと言わんばかりに頭を振る。

「無駄よ、カレン。この腹黒王女は一度決めたら曲げない頑固者なんだから」

「はぁ……」「腹黒じゃないわ。真っ白でしょう？」

王女殿下は優雅に紅茶を飲み干され、お澄まし顔。

対して、公女殿下は嫌そうな顔で懐中時計を仕舞われ、席を立った。

「工都を強襲するのは私とシェリル、カレン。アトラとリアもね。エリーはあいつの伝言で留守番よ。『**封印書庫の解放を急いで欲しい**』――ですって」

「私の専属護衛と近衛騎士団からも人員が出るわ。御父様の説得は大変だったんだから」

リディヤさんは、今回兄さんに無理矢理ついて行こうとしなかった。

推測だけれど、聖霊教の標的にシェリルさんが含まれていると想定された為だ。

なのに……自分だけでなくどうして王女殿下をララノアへ？

紅髪の公女殿下がタルトを食べ終えられ、焼き菓子を摘まんだ。

「あと、教授の研究生も数名参加するわ。残りはエリーの手伝いね」

「教授の……」

確か当初はゾイさんとユーリさんという方が、兄さん達の護衛としてララノアへ付き添う予定になっていた筈だ。同じ人達だろうか。

シェリルさんが自分で紅茶をカップへ注ぎ質問される。

「で、誰が来るの？」

「それを今、決めさせているのよ。人数はリィネの交渉次第――」

「リディヤさん？」「リディヤ？」

突然、紅髪の公女殿下は黙り込み、立ち上がった。

そして、窓の傍まで進み開け放つ。

「えっ？」「リディヤ？」

冷たい風が私達の髪を靡かせ、アトラとリアはシフォンに抱き着いた。

そんな中――一人、リディヤさんだけは目線を空から動かさない。

降りて来たのは長い首と黄色の嘴、美しい羽を持つ純白の蒼翠グリフォンだった。

「！　あの子は‼」

驚く間もなくグリフォンは高度を落とし、屋敷の陰に隠れてしまった。

魔王戦争では『流星』と数多の激戦場を飛翔。

主を喪った後は東都の大樹に住まう蒼翠グリフォン達の長となり、私を西都へ送り届け、今は『勇者』アリス・アルヴァーンさんの騎獣となったルーチェだ。

……だけど、乗っていたフード付き外套姿の人はアリスさんじゃなかったような？

丁寧なノックの音が耳朶を打つ。

「失礼致します」

扉を開け、黒髪と眼鏡が印象的なリンスター公爵家副メイド長のロミーさんが中へ入って来た。アトラとリアが私の両腕に抱き着く。

ロミーさんが恭しく頭を下げられた。

「リディヤ御嬢様、お客様がお越しです」

「……誰？」

窓を閉め、心底嫌そうな確認。アリスさんはリディヤさんの天敵なのだ。

冷静沈着を以てなる副メイド長さんが冷や汗を流される。

「『勇者』アルヴァーン大公家の御方です。御嬢様達がララノアへ発つ前に、伝えておきたいことがある、と」

「「っ⁉」」

私とシェリルさんは目を見開き、固まった。

どうして、私達が動くのを知って？

紅髪の公女殿下が魔剣を腰へ提げ颯爽と歩き始める。

――その姿、正しく『剣姫』。

「シェリル、カレン、行くわよ。ロミー、アトラとリアをお願い」

「え、ええ！」「は、はい！」

「畏まりました。御嬢様方、御武運を」

＊

「此処が……『天鷹商会』会頭が指定した待ち合わせ場所なの？　本当に⁉　サキ」

王国南都の東部地区。多種多様な人々が行き交う下町。

路地裏にあった煉瓦造りの可愛らしい隠れ家的なカフェを見て、私は付き添い兼護衛の美人メイドへ質問しました。窓硝子に王立学校の制帽制服姿の自分が映ります。

確かに入り口の扉には『本日貸し切り』の木札が下げられていて、中にも人の気配を感じますけど……。鳥族の美人メイドが答えてくれます。

「はい、間違いございません、リィネ御嬢様」

「カフェを指定して来るなんて、侯国連合の統領さんみたいですね～。探知終わりました。異常なしです☆　シーダちゃんをお留守番にしなくて良かったかもしれませんね～」

屋根や壁を蹴り、乳白髪とスカートを靡かせて、快活メイド——シンディが楽し気に路地へ着地しました。

まったく、この子は！　会談の重要性を分かっているんでしょうか。

屋敷を出る際、半泣きで同行を願ったシーダを少しは見習ってほしいものです。

『炎龍』の短剣の柄に触れると——一昨日の晩、突然王都からかかってきた御母様と姉様の電話が思い出されました。

『リィネ、アレン達を助ける為にグリフォンが必要になったわ。最も高く、かつ速く飛べる機密用の黒グリフォンが。そして——それを持つのは天鷹商会だけ』

『先方はリンスター直系の人間としか話をしないらしいわ。南都にいるリンスターで交渉出来るのは貴女だけよ。頼むわね』

……滅茶苦茶です。酷いです。電話が終わった後、ちょっと泣いてしまいました。

でも事は一刻を争います。兄様達の危機を救えるのなら、断る選択肢はありません。

ティナもエリーも、きっとそれぞれ頑張っているでしょう。

——私だって兄様の助けにっ！

サキとシンディと目を合わせ、意を決し入り口の扉を押します。

鈴の音が鳴り、カフェの中へ。

「わぁ……」「まぁ……」「雰囲気ありますねー」

まず目に入ったのは年代物の木製テーブルや椅子。

床には色彩豊かな絨毯が敷かれ、猫族の白髪少年がカップを磨いているカウンター内の棚には、紅茶の入った硝子の細工瓶が並んでいました。

奥の窓からは淡い陽光が降り注ぎ、居心地の良い空間を作り出しています。

……南都にこんなカフェがあったなんて。

眺めていると、柱の陰から淡い茶黒髪で長身の少女がひょこんと顔を出しました。

赤茶基調の服と独特な紋様からして、ドワーフ族のようです。

「あ、次の人が来たみたい。エルゼさん。またお茶しましょう」

「ええ、アマラ。今度、ファウベルの宝石を買いに行くわ」

「はい。お祖父ちゃん、きっと喜びます」

アマラ、と呼ばれた少女は柱に隠れている相手へ挨拶し、席を立ちます。

待ち合わせ場所に間違いはなかったみたいですね。

擦れ違い際に淡い茶黒髪の少女へ会釈をすると、相手もにっこりと返し——固まりました。視線の先にいたのはサキとシンディ。

「わぁ。美人メイドさんだぁ。眼福だよぉ～——おっと、いけない。ラヴィ君、またね～」

「…………」

カウンターで黙々と作業を続ける猫族の少年に声をかけ、ドワーフの少女は意気揚々と外へ出て行きました。……変わった人でしたね。リリー気質というか。

奥の椅子が引かれ、涼やかな足音。

「お待たせしました。おかけになって下さい。ラヴィ、お茶をお願い」

「はい。会頭」

通路に白鳥羽交じりの黒髪で鳥族の美女が姿を現し、私達へ窓側の席へ座るよう促しました。微笑みを湛えています。

月神教の礼拝堂跡地で会ったあの女性です。

　私は緊張を振り払い、歩を進め着席しました。サキとシンディは――カウンターに陣取り、猫族の少年に小声で話しかけています。

　美女が深々と頭を下げてきました。

「先日は名乗りもせず申し訳ありませんでした。改めまして――『天鷹商会』会頭を務めております、エルゼと申します。鳥族ですので『姓』はございません」

「リンスター公爵家次女のリィネです。今日は会談の要請に応じて下さり有難うございました。私のような若輩者が会談相手となったこと、申し訳なく思っています」

　穏やかな口調の中に、鋼のような強さを覚え気圧されるも何とか応じます。

　兄様、どうか私に勇気を貸してください。

　心の内で祈っていると、ラヴィ、と呼ばれた猫族の少年がティーポットと小さなグリフォンの描かれたカップを持ってやって来て、テーブルの上へ置きました。

　――微かな香辛料の匂い。

　エルゼが「ありがとう、ラヴィ」と御礼を口にし、私へ向き直りました。

「リィネ公女殿下は」「リィネ、で構いません」

　手ずからカップに茶漉しを載せ、会頭がミルクへ紅茶を注いでいきます。

独特な香りですが種類は分かりません。兄様がいらっしゃれば教えていただけるのに。

「では――リィネ様、と。失礼ですが、リンスター公爵家の方々は少し変わっていらっしゃるのですね。どうぞ」

「いただきます」

注ぎ終えたカップが私の前へ置かれたので、躊躇なく飲んでみせます。あ、美味しい。

鳥族の美女が続けます。

「普通、私のような獣人の女に対し、王国の貴族様は最初から頭を下げることなどあり得ません。このようなカフェを会談場所にすれば『侮られた』と激高する御方もしばしばいらっしゃいます。まして、貴女様は公女殿下でいらっしゃる。『守銭奴の獣人に頭を下げた』と知られれば、周囲が何かと騒がしくなるのでは？」

影響力を大きく減衰させたとはいえ、貴族守旧派は依然として健在です。獣人族への偏見や差別もなくなってはいません。

交渉相手が『王国の空路独占を目論む、謎の鳥族が率いる不埒な新興商会』ともなれば、後々厄介事になる可能性もあるでしょう。

ですが――私は思わず笑ってしまいました。

「フフ」

「……何か？」

　エルゼが怪訝そうに綺麗な眉を顰めました。

「ねーねー？　君は何処出身なのー？」「シンディ、迷惑よ」「……」

　カウンターで繰り広げられている攻防戦も聴こえるようになってきます。

　私も単純ですね。ティナやエリーのことを笑えません。

「ごめんなさい。貴女の言う『獣人に頭を下げる行為』なら、王都で毎日のようにしていたのでつい」

「その方の話、詳しくお聞きしても？」

　今日初めて、若き辣腕会頭の目に好奇の色が表れました。大きく頷きます。

「私が『兄様』と呼んでいる、家庭教師の方は――」

　猫族の少年がお代わりのティーポットと砂糖菓子の小皿を運び終えると、エルゼは困惑した笑みを浮かべました。

「話には聴いていましたが……」

　次の言葉が発せられません。気持ちは分かります。大変分かります。

　今日話した、私が王立学校へ入学して以降の兄様ですら、言葉にしてみるとあり得ないことばっかりされています。とても誇らしいですし、嬉しくもありますが……無理無茶は控えて、もっともっと私達を頼っていただきたいです。

出来れば、ティナやエリーよりも私を！

お茶を飲み干し、エルゼがようやく続けました。

「『剣姫の頭脳』様は私が想像していた以上の御方みたいですね」

「はい、そうだと思います」

きっと、これからも兄様は武勲や逸話を積み上げていかれることでしょう。

狼族のアレンは王国の未来を担う英雄なのです！

グリフォンを象った砂糖菓子を眺め、呟きます。

「ただ、私も兄様が挙げられた功績の全部は知りません」

それを口に含むと優しい甘さ――そして、微かな苦さが広がりました。

エルゼと真っすぐ目を合わせます。

「兄様は自分の武功を私達にも教えてくれません。また、その功績の多くも私の姉である『剣姫』や、王立学校の同期生だった『光姫』シェリル・ウェインライト王女殿下へ譲られてしまっています。そういう御人なんです。――このお茶、独特で美味しいですね」

「南方島嶼諸国で日常的に飲まれている物です。ラヴィが私の為に再現してくれました」

資料にはこう書かれていました。

『エルゼ会頭の一族はかつて南方島嶼諸国で暮らしていたが、百年前のルブフェーラ公爵家出兵の前後に大陸へと逃れた』

カチャリ、とカップが音を立てました。

「リィネ・リンスター公女殿下、そろそろ本題に入りましょう」

「はい。そうしましょう」

陽光差す内庭で遊んでいた小鳥達が羽ばたき、飛び立っていきます。

一方的に猫族の少年へ話しかけていたシンディの声も聴こえなくなりました。

制帽を外し、百戦錬磨の会頭へ頭を深々と下げます。

「私は若輩の身です。駆け引きなんかとても出来ません。エルゼ会頭、実は――」

「『天鷹商会』の保有する黒グリフォンで、『四英海』及び港湾都市スグリの封鎖を戦闘せずに突破出来る子を貸してほしい――ですね？　理由は使者となられたリリー・リンスター公女殿下と、『剣姫の頭脳』様の救援の為。大まかな御事情は承知しております。最高機密を運ぶ子達ならば突破は確かに可能でしょう」

「……っ！　そ、それじゃあ‼」

息を呑んで私は顔を上げ――背筋を震わせました。

ずっと和やかに話を聞いていた同じ女性とは思えない程、刃の如き怜悧な双眸。

「リィネ様、私は商人です。そして、これはリンスター公爵家――ひいてはウェインライト王国と我が商会との取引となります。『無償で』という訳にはいきません」

「相応の対価をお支払いします。リィネ・リンスターの名に誓い、私が責任を取ります」

緊張で喉が鳴りました。

『勝負どころが来たのなら、女は度胸！』

御祖母様や御母様にはそう教えてもらいましたが……心臓の音が五月蠅いです。

エルゼが微かに表情を崩しました。

「では――此度の騒乱が収まった後、我が商会と昨今噂に名高いアレン商会との間に立っていただけますか？」

「分かりました」

即座に返事をします。良かった。これなら問題は何もありません。

『……リィネ？』『リィネさん！　有難うございますっ‼』

頭を抱える兄様と、嬉しそうに跳びはねるセーター姿のフェリシアさんの姿がハッキリと見えました。私、間違っていません。

鳥族の美女が、空いている椅子に置かれた鞄を開けます。

「有難うございます。もう一点――これは私事となりますが」

テーブルに古い小冊子が差し出され、私は心臓が握り締められる感触を味わいます。

表紙は布製。描かれていたのは大きな鳥と七頭の獣。

こ、これは兄様の探しておられた『月神教外典問答集』⁉

生前のゼルベルト・レニエさんが持っていたという……どうして、この人が⁉

鳥族の黒髪美女は何でもないかのように私へ要求してきます。

「『月神教』について、そちらがお持ちの全情報を共有させていただきたいのです」

「っ！」

カウンターのサキとシンディが固唾を呑むのが分かりました、

深紅の鞘に触れて小さく深呼吸をし、冷静に問い返します。

「……理由をお聞きしても？」

小冊子の上にブローチが置かれました。壊れた月神教の紋章です。

太陽が雲に隠れ、美女の顔も陰りました。

「五年前の冬――王都で吸血鬼との戦いがあった直後に殺された親友の遺品です。連邦出身の女の子でした。人族なのに、私と一緒に笑い、時に歌い、時に泣いてくれた……優しい、とても優しい子でした……。現場にはこのブローチと――」

連邦？　レニエさんも確かそこから王国へ来られた筈です。

新進気鋭の大商人の顔に激情が滲み出ました。

「古い聖霊教の紋章が落ちていたそうです。この小冊子は偶々私が預かっていたので奪われませんでした。『命の恩人からの預かり品なの。数日だけエルゼが保管しておいて！』と。犯人は未だ捕まっていません。『姓無し』であるが故、葬儀への参加も叶いませんでしたが、彼女の婚約者と話すことは叶い、以来私が保有しています」

「――っ」

兄様もゼルベルト・レニエさんの葬儀に同じ理由で参列出来なかった、と姉様が言っていました。

冷たい雨に打たれたまま、ただただ慟哭されていたと。

エルゼが淡々と確認してきます。

「初めて会った時、月神教の礼拝所跡地を調査されていましたね？　推察するに――貴女様は、どなた様かの指示で南都へやって来られた。侯国連合を放逐されたニッティ家の御子息も古い文献に当たられているとか？」

嗚呼。たった今、理解しました。

王国空路の支配者『天鷹商会』の会頭、鳥族のエルゼは似ているんです。

恩を決して忘れず、必ず返そうとする──……私の大好きな狼族のアレンに。

エルゼは不敵な笑みを深めました。

「こう見えて、私は役に立つ女です。取引をして損はさせません──如何ですか？」

＊

「それじゃあ──リリーさん。ティナとステラをよろしくお願いします」

「は～い♪　お任せください☆」

寝室の入り口を開け振り返ると、寝間着姿の紅髪をおろした年上メイドさんは元気良く左手を挙げた。元気だなぁ。

奥のベッドでは、さっきまで起きていたハワード姉妹が仲良く並んで就寝中。

窓から覗くのは満月前夜の待宵の月。

間一髪ではあったが、満月前に全ての準備は間に合い、明日未明、僕達は工都へと攻め入る。既に主力は行軍を開始した。

後は全力を尽くすだけだ。

リリーさんが一歩距離を詰めてきた。甘い花の香りと共に頬を突かれる。

「アレンさんも早く寝ないと駄目ですよぉ～？　あ！　もし眠くないなら、私が膝枕してあげましょうか？」

「…………」

この年上メイドさん、僕が男だという事実を忘れているんじゃ？

お兄さんが行方不明な状況であっても、普段と変わらず快活でいてくれることは本当に有難いけれど……からかわれっ放しも面白くない。平静を装い、切り返す。

「そうですね。折角なのでお願いしても良いですか？」

「――……ふぇ？」

僕が要求してくるとは思っていなかったらしく、リリーさんがキョトンとした。

そして言葉を自分の中で消化し、

「～～～～っ！！！！　え、えっと……あの…………」

首から顔までを真っ赤にし、固まった。

溜飲を下げ、風魔法を応用してカーテン代わりの白布を閉める。

「冗談です。リリー・リンスター公女殿下」

「――……む～」

年上メイドさんが唸り、更に一歩近づいてきた。

初めて会った時以来、幾度も見て来た年齢よりも幼いジト目。

「アレンさんは本～当に意地悪ですね！」

「リンスターの女の子に鍛えられたので」

「も～！　も～‼　も～‼」

「痛い、痛いですって」

ポカポカと胸を叩かれるも、大声を出すとティナとステラが起きてしまいそうなので、為されるがままにされる。

リリーさんが左手の人差し指を鼻先に突き付けてきた。銀の腕輪が光を放つ。

「決めましたっ！　今、決めちゃいましたっ‼　王都へ帰ったら、この埋め合わせをしてもらいますっ‼」

「なるほど。具体的には？」

「え？　あ、あの……」

珍しくたじろぎ、リリーさんが考え込み始めた。

視界の片隅を、警備中の三つ編みメイドさんが掠める。

オリーさんは腕利きを引き連れ、工都へ再潜入したので、旧都組のメイドさん達の中では、チトセさんが最先任ではあるのだけれど……。

駿馬で十日はかかる、旧都・ユースティン帝国の皇都間を僅か四日で往復し、情勢を滞在中だった教授へ報告。つい先程帰還したばかりなのに仕事熱心な人だなぁ。

リリーさんに袖を指で摘まれる。

「――……えっとぉ……お、お買い物につきあってくださいい？」

「どうして疑問形なんですか。いいですよ」

「……本当……ですかぁ？」

「嘘なんか言いません」

「――えへぇ♪」

ぱぁぁぁ、と表情を明るくし、リリーさんが両手を握り締める。

クルリと半回転し、二、三歩後退した。

「むふんっ！　俄然やる気が出てきましたぁ～♪」

余程嬉しいのか、炎花が生まれ舞う。

ただでさえ整っている美貌に自信が加わり、芝居がかった口調で名乗る。

「リンスター公爵家メイド隊第三席リリー。明日の奮戦を狼族のアレン様に誓います」

左手を握って、僕は炎花を消し、

「何度でも言いますが頼りにしています。それと」

「？　アレンさん？？」

リリーさんの腕輪と自分の腕輪をほんの軽くぶつける。

心地好い金属音。

「この前言ったことを繰り返します。リドリーさんは無事です。絶対に」

「——……はい。ありがとうございます」

リリーさんは左手の腕輪を胸に押し付けた。

そのまま部屋へ戻り、ベッドへと腰かけるや宣言する。

「よーし！　とっととお仕事を済ませて、愚兄を捕獲して王都へ連れ帰りますよぉ～。その後は……ウフフ～★」

「……程々にしてあげてくださいね」

取りあえず、菓子作りは続けさせてあげてほしい。

近くの魔力灯を消し、浮遊魔法で年上メイドさんの肩に毛布をかける。

「では、明日。おやすみなさい、リリーさん」

「——はい♪　おやすみなさい、アレンさん」

廊下に出て、警戒中のメイドさん達へ声をかけながら自室へと向かう。

明日の作戦開始は払暁。早めに寝ないと……。

アーサーと膝詰めで話をしたかったし、先日の会談の際、アディソン侯から何を聞いたのかも確かめておきたかったけれど……作戦会議の場では言い出せなかったな。

そう思っていると何処からともなく小鳥が現れ、僕の手に止まった。

――予定変更みたいだ。

自室前で踵を返し外へ。小鳥を放して名前を呼ぶ。

「チトセさん」「はい」

即座に黒髪を三つ編みにした眼光鋭いメイドさんが、建物の陰から現れた。

簡易魔力灯の下、お願いする。

「オリーさん達の偵察情報からして、奇襲があるとは思えませんが……念の為、探知魔法を増やしておいていただけますか？」

「畏まりました」

チトセさんが未知の闇属性魔法を発動させる。恐ろしく仕事の早い人だ。

感嘆しつつも、僕は深々と頭を下げる。

「それと、すいませんでした」

「……申し訳ありません。意味が分かりかねるのですが」

顔を上げると、黒真珠のような瞳には微かな揺れが表れていた。

本気で思い当たらないらしい。

「皇都への使者の件です。御無理をさせてしまいました。体調の方は……」

「何ら問題ございません。心配はご無用に」

「そ、そうですか」

揺れが消え『心配ご無用』という言外の圧に屈する。

……やっぱり、好かれてはいないのかも。

僕は意識を切り替える。

「明日の戦い、どうかよろしくお願いします」

「万事お任せください」

漏れ出た魔力に反応し、魔力灯が明滅した。断固たる決意が頼もしい。

「アレン様も今晩は早く眠られますよう。……さもなくば」

「さもなくば？」

チトセさんがほんの僅かに表情を崩した。

「旧都での御様子、全てエリー御嬢様と共有致します。時と場合によりましては――リディヤ・リンスター公女殿下にも」

「……降参です」

　天使のエリーに心配かけたくはないし、リディヤも僕がちゃんと休まないと本気で怒ってくる。端から勝ち目がない。

　人差し指を唇につけ、三つ編み黒髪メイドさんには説明しておく。

「アーサーと最後に少し話をしてきます。聞いておきたいこともあるので」

＊

「応っ！　来たな、アレン‼　座ってくれ」

　ララノアの守護神、『天剣』アーサー・ロートリンゲンは旧都東方郊外で、一人僕を待っていた。周囲に護衛の気配はない。

　薬缶のかかった焚火を挟み、折り畳み式の椅子に腰かけると軽く頭を下げてくる。

「呼び寄せてしまってすまん。こうでもしないと、膝詰めで話す時間が取れなくてな」

「いえ。エルナーさんにはこの場所にいることを話してきましたよね？」

アーサーは『光翼党』側の柱石。

決戦前にこうして単独で行動すること自体が大変まずいのだが……。

「エルナーがアディソン侯の持ち込まれた『例』の大規模魔法と地下水路図を最終点検している間に抜け出して来た。とんでもない隠し玉だったな！　さぁ飲んでくれ」

「⁉」

僕は言葉を喪う。……そうだった。この人、リドリーさんの親友だった。

額を押さえ、マグカップを受け取る。

「はぁ……怒られても知りませんよ？」

「問題ないっ！　エルナーは、世界で一番良い女だからなっ‼」

「……毎回、言っていませんか？　何時か刺されると思います」

自信満々な英雄様へ忠告し、お茶を飲む。

洗練されているとは言えない。けれど――素朴で懐かしい味だ。

アーサーが星空を見上げた。

「幼い頃に飲んでいたお茶だ。山野の物でな……幼い私とエルナーの世話をしてくれた、北方出身の老人に教わった。時折こうして飲みたくなる」

ロートリンゲンの家がララノア共和国において、どういう立場に置かれてきたのかを僕は知らない。けれど——表に出ない苦労がたくさんあっただろうことは想像がつく。

何となく僕も夜空を見上げる。

無数の星々が瞬き、月が僕達を照らしている。静かな夜だ。

「アレン」

顔を戻すと、金銀瞳の英雄と視線が交錯した。

「私に聞いておきたいことがあるのだろう？　人前では話せぬことで」

「……当たりです。先日のアディソン侯の件も気になるんですが、それよりも」

もう一口お茶を飲み、頭を下げる。

「アーサー、知っていたら教えてください——『儀式場』について、ロートリンゲン家に伝わっていることがありませんか？　王都の王宮地下では『天使創造』を成す為に使われていました。水都旧聖堂の地下にあったものも同種のものでしょう。あちらは最終的に、暴走した世界樹の子を封印する為に使われたようですが」

「ああ……その話か」

右手で金髪を掻き乱し、英雄はマグカップを脇の岩へ置いた。

枝で焚火を弄り、火花を散らす。

「今宵、知っている全てを語る時間はないぞ？」

「分かっています。ですが、捨て置けません」

建国戦争記念府の地下――【英傑殺しの氷龍(ひょうりゅう)】が封じられた地の奥には、魔王ですら警戒する『何か』がある。

アーサーが悩ましそうに考え込む。

「恐ろしく古い話だ。今では信じる者も極少ない。……エルナーですら、先だってのステラ嬢を見る前までは、まともに信じていなかったのだ」

「でしょうね」

工都(こうと)での戦闘でステラは僕と魔力を繋(つな)ぎ、『白翼の天使』となって多くの将兵を救った。

無論才能あってこそ。カリーナの助力もあったのだろう。

……でもそれじゃあ、『黒』の少女は何者だったんだ？

俄(にわ)かには信じ難(がた)いがあの時、王宮地下には、
・ステラ・ハワード公女殿下
・カリーナ・ウェインライト王女殿下
・僕に当初襲い掛かった『謎の少女』

の、三人がいたように思える。

だからこそ、性格も、口調も、話している内容ですらおかしかった。

当たり前だ。

仮定が正しいのならば、一人の身体に三人の意思が混ざり合っていたのだから……。

ちらりと右手の指輪と腕輪に目を落とすも、こういう時に限って沈黙している。

アーサーがマグカップを手にしお茶を一気に飲み干した。

「決めたぞ。やはり――『儀式場』が生まれるまでをざっくりと話す。前提を知らなければ理解も出来ぬからな。少し長くなってしまうが、許せ！」

そう前置きをし、英雄は古い古い歴史について語り始めた。

＊

まず問おう。

アレン、お前は何処まで『歴史』を知っている？

――そうだ。

この世界に『神』はいない。

【女神】は人を信じ過ぎた故に滅ぼされた。

【魔神】は人を愛し過ぎた故に滅ぼされた。

【龍神】は人に対し愛想を尽かし、消えた。


最後の神――大陸中央に聳える世界樹の頂点にいた【龍神】が去って幾星霜。

ロートリンゲンに遺る古文書でも、何年前なのかは皆目分からぬ。

千年？　いや間違いなく、それ以上であろうな。

――【龍神】が去った後の話をしよう。

当初、人々は激しく動揺したようだ。今の世に生きる我等にその感覚は分からぬが……

当時の人々にとって『神』は身近な存在だったようだからな。

しかし、お前も知っての通り人は慣れる。

神亡き時代になって以降も、人の行動は変わらなかったのだ。

多くの戦乱が起こり、血が流れ、多くの国が滅び、また生まれ……数百年を経て少しずつ世界の勢力図が定まっていった。

最終的に覇を唱えたのは三大帝国。

現侯国連合南方にかつてあった大陸を統一せし帝国。

遥か極東──『龍すらも断つ』と称されし『刀』を振るう侍が築き上げた帝国。

そして、魔王領を除く大陸全土を統一したロートリンゲン帝国。現代の史書において『旧帝国』と呼称される国の極盛期だな。

嘘か誠か、この三帝国時代には所謂飛空艇が空を飛び交っていたという。

人々は奢り、増長した。

『今や我等に出来ないことなぞ存在しないっ！』と。

──結果、破局が起こった。

＊

「破局、ですか？」

アーサーは手を伸ばし、薬缶を手にした。

自分と僕のマグカップへお茶のお代わりを注ぐ。

「先程ロートリンゲン以外に二つの巨大帝国があった、と言ったが……アレン、その名を聞いたことがあるか？」

「いえ。寡聞にして」

極東の国々についてはそれ程詳しくないけれど、少なくとも侯国連合南方に大陸はない。

幾つかの島々があるだけだ。金銀瞳に諦念を滲ませ、英雄は左手を振った。

「それが答えだ――世界に覇を唱えた二大帝国は跡形もなく滅んだ。手を出してはいけない存在に手を出し、怒らせてはならない存在を怒らせてな。今や、大陸、島々、国名、繁栄を極めた都市の欠片さえも遺っていない。極々稀に使用されていた武具や道具が発見される程度だ。南方島嶼諸国の人々は戦乱を避け移住した南方大陸の末裔だとも聞くが……定かではない。大乱終結後、気候も大きく変動したと古文書には書き記されている」

「……具体的な破局の原因は？」

英雄が枝を折り焚火へ放り込むと、炎が勢いを取り戻す。

ほんの一瞬、上空を飛ぶ小鳥が見えた。

アーサーも気付いたようで、目を瞑る。

「続けるとしよう。時間もないようだからな」

*

少しだけ話を戻す。

【龍神】が去った数百年後——大陸中央に聳えて永劫の時を生き、星を支え続けていた世界樹も枯れた。同時に、龍や強大な魔獣達の勢いは少しずつ弱まり、世界樹を信奉する種族もまた力を衰退させた。

だが、おかしいとは思わないか？

——【三神】と【世界樹】を喪ったにも拘わらず、星に何ら異変がない。

残念ながら、そんな夢物語は存在しないのだ。

人々が長きに亘り、異変を感じなかったのは『代替』する存在が、ある御方により用意されていたからに過ぎない。

今日では『大樹』と呼ばれている世界樹の幼木達。

それらが育つまで守る『意思持つ神杖』と『七竜』。

圧倒的な武威をもって、世界を守護せし八大公家。

神代の幕を最後に引かれ、真の意味で人代の幕を開き――初代アルヴァーンと共に去られたその【彼】は、父祖に対しこう言われたそうだ。

『神は去った。けれど、世界を支える存在は必要だ』

――【彼】が用意した『神亡き世界を支える仕組み』は実に見事だった。

何しろ、三大帝国が成立するまでの間、人々は異変に気付かなかったのだからな。

しかし、完璧なものもまた存在し得ない。

三帝国の首脳部が【彼】のことを忘れ始めた時――幼木の利用を目論む者が現れたのだ。

何しろ星を支えていた存在だ。その力が微小であっても、人々にとっては魅力的だったのだろう。

――当初は控え目に。

竜が動かぬと分かった後は、更に大胆に。

最終的には八大公家の警告すら幾度も無視して。

まぁ、それでも決定的ではなかった。

……ここまで話しておいてなんだが、何があったかの詳細は分からん。

古文書に特記されていたのは——人類史上最高の宝飾士【宝玉】を生んだシキ家、その血筋に現れた異才の存在。リドリーが言うには【菓聖】の子孫だったたらしい。

——『儀式場』の基礎理論を作り上げたのはこの人物だ。

目的は世界樹の成長補助。

アレン、お前も各地で見たことがあるだろう？　正体不明の『黒扉』を。

その力を利用したらしい。

——ああ、誤解がないように言っておく。

この人物は変わってこそいるが善良な男だったようだ。

事実、世界樹の成長は早まったと書かれていた。

だが……人とは時に心底愚かな行動を起こすのだ。

＊

そこまで話し終えると、アーサーは目を伏せた。

自嘲混じりに嘆く。

「アレン、お前ならば此処から先の歴史は何となく分かるだろう？」

「……そうですね」

今まで各地で得て来た情報と、アーサーの情報を組み合わせ考える。

再び上空を小鳥が横切った。時間切れが近い。『意思持つ神杖』の話や、一切出て来なかったアトラ達――『大精霊』についても聞きたいのに。

マグカップを両手で持ち、考えを示す。

「『儀式場』を悪用し、より多く幼木の力を得ようとする者達が世界各地で暗躍した。結果として、東と南の帝国は滅んだ。相手は竜か話に出た八大公家……ですね？」

「概ね当たっている。……エルナーにバレたな」

アーサーが苦笑し、二杯目のお茶を飲み干した。

――じっと炎を見つめる。

「二大帝国を滅ぼしたのは僅か数名の【魔女】だとされている。さっきも言ったように仔細は分からん。そして、残ったロートリンゲンが相手にしたのは」

古き歴史を知る英雄が目を閉じた。

「魔王とその盟友。そして、我等が今の時代に『悪魔』と呼ぶ存在だ」

「！　御伽噺に描かれる十六翼を持つ『悪魔の始祖』が実在したと……？」

息を呑み、すぐに気付く。

——カリーナはどうやって八翼の『悪魔』に堕ちかけた？

まさか、『悪魔の始祖』は人為的に。もしそうなら、誰がそれを企てたんだ？

三羽目の小鳥が飛翔し、アーサーが立ち上がった。僕も立ち上がる。

「すまん、アレン。時間切れのようだ。続きは」「決戦後に必ず」

拳を突き付け合い、互いに頷く。

——戦いが終わった後、また話は出来る。

アーサーが踵を返した先に、簡易魔力灯を持つエルナーさんが歩いて来るのが見えた。

ぼんやりと浮かぶ微笑が大変に怖い。……僕も気をつけよう。

許嫁へ近づこうとした英雄が立ち止まり、

「百年前の建国戦争でララノア共和国に勝利を齎した【氷龍】は——……建国記念府地下の『儀式場』と『黒扉』に、龍の遺骸と神代の武具を捧げ人為的に創られた存在だ。協力者の代表は『騎士』の末を自称し、実際に大魔法『光盾』を操った」

闇へ向かっていきなり叫んだ。

……『騎士』？　ウェインライト王家の関係者か？？

金髪を翻し、僕を見た英雄の双眸には隠しようのない寂しさ。

「これが先日、アディソン侯より告白された真実だ。これ以上の仔細は侯も知っておられぬ。……我が故国は自ら生み出した存在により、亡国の瀬戸際にあるようだ。こういう時は喜劇と言うべきか、悲劇と言うべきか。どう思う、アレン？」

「人は神代より変わらず、愚かなままなのかもしれません」

薪が音を立てて割れ、火花が大きく散った。

微かに吹き始めた風を感じ、アーサーへ返す。

「けれど、真実を知っても――僕が明日、為すべきことは変わりません。復活前の【氷龍】を唯一討てる可能性を持つ『天剣』アーサー・ロートリンゲンと『小氷姫』ティナ・ハワードを全力で支援しますよ。相方に普段『考え過ぎっ！』と怒られているので」

「――……ふっ。違いない。明日！」

英雄は瞑目し、左手を上げると自分の姫の下へ歩いて行った。

やがて、二人の姿も見えなくなった頃、右肩に重みを感じた。

「こんばんは、キフネさん」

白猫様が鳴かれ、身体をこすり付けて来る。

魔力灯を拾い、僕は名前を呼んだ。

「リル、盗み聞きは良くないんじゃないかな?」

「クックックッ――すまぬすまぬ」

白銀髪の少女が焚火の傍に姿を現した。今夜は黒基調の着物姿だ。

近くの岩に腰かけ、足をブラブラさせながら歴史の生き証人がニヤリと笑う。

「随分と懐かしい話が聴こえたのでついな。全てを話しても良いぞ? お前が『魔王』を継ぐ、と言ってくれるのならばのっ! 私は寛大なのだっ‼」

薬缶からティーポットへお湯を注ぐ。

「本題は?」

「ぬぅ……そこは歩み寄る場面であろうが? 私や盟友が、暴走した憐れな世界樹の子等の始末をした話は涙無くしては聞けんのだぞ?」

少女は唇を尖らせ、不満を露わにした。……始末をした、か。

予備のマグカップへお茶を注ぎ、リルへ差し出す。

「この機に君がやって来た。別の懸念材料が?」

「……少しな。この身体だと私は最終局面まで戦えぬ。伝えておいた方が良かろう」

魔王が静かに話し始める。

白猫様も悲しそうに鳴かれた。

＊

異変に気付いたのは、七十余年の間に培われた直感故だったか。

余は老いた身体を動かしベッドより降りた。殺風景な自室の過半は闇に包まれ、壁の小さな魔力灯だけが影を浮かび上がらせる。皇宮最奥の一室とは思えぬわな。

自虐しつつも、未だ衰えぬ余の耳はかつて散々聞いてきた音楽を——剣戟と魔法、悲鳴や怒号、咆哮といった戦場音楽を捉える。

——ユースティン帝国皇都、その皇宮近くで戦闘とは。

『陛下っ！　ユーリー・ユースティン皇帝陛下っ‼　お眠りになる際は、必ず守りの短剣を近場に置いておかれますよう‼』

今まで何万回聞いたか分からぬ余の半身、帝国軍老大元帥モス・サックスの小言に不快感を覚えつつも、脇机の短剣を手にし窓の傍へと歩を進める。

皺だらけの手で一気にカーテンを開く。

「……うぬ？」

余の目に飛び込んで来たのは、月無き夜に開いた巨大な『黒花』。

噂に聞く、大規模転移魔法というやつか。

そこを通り抜け、現れたは――槍衾の如き鋭き牙を持つ巨大な三頭の骨竜。

骨翼が羽ばたく度、禍々しい黒灰を撒き散らされる。魔法通信の阻害か。


『『!!』』


どういう原理か、怪物は窓際に立つ余を認識したようだ。

口を大きく開くや、闇属性上級魔法『闇帝大冥球』を周囲の空間に展開させていく。

白くなってしまった顎鬚に触れる。

「あれがロストレイの地に現れたという、聖霊教の使徒共が使役する骨竜か。……ふんっ。竜を模しておるのだろうが、醜悪極まるの」

余が感想を独白すると、骨竜達は皇宮に向け軽く百を超える闇属性上級魔法を発動しようとし――奇妙な黒匣が過半を飲み込み、数え切れぬ閃光が残りを斬り裂いた。

近くの石廊の屋根に立つのは、長身の男と小柄な女。

使者として滞在中だった、ウェインライト王国最凶魔法士である教授。

そして――今より二十数年前、ユースティンを去りし『死神』アンナだ。

自己の意思なぞない死せる化生共とはいえ、何と運の悪いことか。

軽く数百年――下手すると大陸動乱前すら知りおる『死神』なぞは、ララノアへの対応を報告する為、到着したばかりだというに。

『オオオオオオオオオオオオっ！！！！！！！！！！』

骨竜共が次の行動を移す前に、地上に立つモス・サックスの咆哮が轟く。

十重二十重の戦略防御結界により守られる我が皇宮へ声を、しかも魔法すら使わず届かせるとは……。

呆れていると、皇宮に最も近づいていた骨竜の頭上へモスは大跳躍した。

握り締める魔剣『陥城』が死の光を放ちながら振り下ろされ――大魔法『光盾』を模した黒き魔法障壁ごと、容赦なく両断する。

情報通り、大魔法『蘇生』の残滓が埋め込まれているらしく骨竜は再生を試みるも、空中を駆ける老執事――ハワード公爵家執事長『深淵』グラハム・ウォーカーが頭を殴打。

頭蓋骨が砕け散り、灰となって消えていく。

この間、残る二頭の骨竜には、地上や皇宮の高台から大元帥直属である老親衛隊が、光属性魔法『光神槍』を速射し行動を拘束する。見事よの。

椅子に腰かけ余が激戦を見聞していると、廊下を駆ける激しい足音がした。

**「皇帝陛下っ！」**

扉が音を立てて開き、若き親衛騎士団団長カール・ラビリヤが部下を引き連れて、飛び込んできた。奇襲から立ち直りこの短時間で行動したか。

部下達の先頭で片膝をついたカールへ問う。

「戦況は？」

「敵は骨竜が三頭のみ。老元帥閣下と老親衛隊が先陣を切り迎撃しております。ウェインライト王国の使者様からも助力の申し出があり、私の独断にて受け入れを」

「正式に許可する。――で」

椅子に腰かけたまま、肩越しに青年騎士を見やる。昔の余と同じく白金髪よの。

魔力の余波で戦略結界に守られる皇宮の窓が悲鳴をあげたが、気にせず命ずる。

「汝等は何をしておるのだ？　**余の如き死にかけの老骨に護衛なぞ不要！**」

『っ⁉』

若き騎士達が驚愕に目を見開いた。短剣を引き抜く。

「この地は余が治めるユースティン帝国が皇都。守るべき民一人の犠牲とて、末代までの恥辱とならん」

視線を前方へ戻すと、『深淵』と『死神』が二頭目の骨竜を地上へ叩き落としていた。

「モス達を除く各騎士団は民を守る為、奮励努力すべし。――小僧共、疾く駆けよ」

カール達の背が震え、一糸乱れぬ動作で胸甲を叩く、

**『はっ！　ユーリー・ユースティン皇帝陛下っ！！！！！』**

若さの満ち溢れる双眸に戦意を漲らせ、即座にカール達が退室していった。

――汝等、良き騎士であれ。帝国の民を守り続ける良き騎士に。北より何れ来る星果ての怪物を討ち果たす良き騎士となれ。

古き祈りを捧げ、戦況観察へと戻る。

『死神』と『深淵』は――地上か。ただし姿は見えぬ。

教授が骨竜の闇属性魔法を分解し、モスの斬撃は再生した尾を薙ぐ。

老親衛隊も牽制の魔法を放ち続け、動きを封じている。

「骨竜が三頭。大した戦力ではあるが……余の命を狙うには少しばかり足らぬな」

今宵は王国の怪物達も偶々皇都に滞在していた。

しかし、この程度ならば皇宮の防衛機構、モスと老親衛隊、各騎士団で対応出来よう。

「彼奴等は『囮』。だが、皇都で使徒共が狙う地など他に――……まさか」

つい先日、届けられた古馴染みの言葉が過る。

『私がいない間に、当代が動くかもしれませんが――手出しは何時にもまして無用に願います。珍しい客人も来ているので、巻き込まれれば命の保証は出来ません』

一部で黒炎が上がり始めた皇都へ老いた目を細める。

――北外れの霧中に先程よりも小さき『黒花』が開いていく。

十四年前のアルヴァーン家襲撃事件の時と同じ。いや、それ以上か。

「とっととヤナへ皇位を譲り引退すべきであった。『死神』が言っておった通り、人の世は真ままならぬ。よりにもよって、加減という言葉自体を知らぬあの者が逗留している時にやって来ようとは……」

余の嘆きは掻き消え、窓越しにモスが骨竜の首を斬り飛ばすのが見えた。

＊

転移魔法陣を抜けると、視界に飛び込んで来たのは霧に包まれた広大な森林だった。

私――聖霊教使徒次席『黒花』イオ・ロックフィールドは、樹齢数百年を優に超える大木の枝に降り立ち、白の魔女帽子のつばをあげた。

空間全体に古い魔法が恒常発動している。

「ほぉ、此処が名高きアルヴァーンの迷宮林か」

僅かに遅れて到着した、黒い帽子とドレスの吸血姫――『三日月』アリシア・コールフィールドが、耳の三日月型イヤリングを煌めかせながら揶揄してくる。

「イオちゃん、迷子になっちゃ駄目よ？　私と手を繋ぐ？？」

「……ちっ」

舌打ちし、私は手に持つ魔杖を振った。黒い花弁が渦を巻き進路を形成していく。

杖を蹴り、進撃を再開。

かつて『半妖精族の面汚し』と侮蔑された黒羽で霧の中を飛翔し、皮肉を放つ。

「しかし、良かったのか？　使徒首座殿と謂えど、竜の骨片は限られていよう。足止めに骨竜を三頭とは大盤振る舞いしたものだ。私を工都より呼び寄せたこともだが」

「問題はない。使うべき機がきたから使っただけだ。計画通り――『勇者』は白の蒼翠グリフォンを駆って皇都を離れた」

蒼く縁どられたフード付きローブを身に纏い、手には古めかしい木製の杖を持つ男――使徒首座『賢者』アスター・エーテルフィールドが飛翔しながら淡々と応じる。

「百年前――南方島嶼諸国の『儀式場』で私が得た竜の骨片は七つ。大きな力には代償が伴う。妨害もあり、それ以上の確保は困難であった」

「アスターちゃんが表に出ないで『流星旅団』とやりあった、っていう例の事変ね～」

身体強化魔法のみで我等に追随する黒銀髪の吸血姫が口を挟んできた。

百年前……王都にて『光盾』が暴走した後の事変か。

霧の妨害で力を刻々と喪う花弁達を補強し、鼻で嗤う。白のローブが風ではためいた。

「ふんっ。大魔法と同じように、とでも言いたいのか？　一時的な『保管場所』兼『実験体』としては有能だった、ウェインライトの廃王子も遂に壊れたようだな」

名は……ジェラルド、といったか。思えば憐れな男だ。

聖女を妄信する使徒イブシヌルと出会ったのが、運の尽きだったのだろう。

アスターがフード下の蒼眼を細めた。

「代えは既に見つけてある。獣人族の先祖返りは頑丈だ。暴走はすまい」

「獣人……？　ああ、聖女が私と入れ替わりで工都へ送り込んだ子鼠のことか。『蘇生』『光盾』『水崩』『墜星』――此度の『炎滅』。合計五つの大魔法。確かに頑丈ではある」

過ぎたる力は身を滅ぼす。あの子鼠には我等の為に精々頑張ってもらわねば。

アリシアが前方へ進出し、空中で振り向いた。不快な笑み。

「で～？　骨片の話の続きは～？」

「……首座殿」

「私が手に入れた骨片の内、今までに使われたのはロストレイと水都。計二片に過ぎない。全盛期をとうに過ぎたとはいえ、『陥城』モス・サックスは侮れぬ。アルヴァーン一族との交戦中に横槍を突かれては面倒であろう？　骨竜三頭など安いものだ」

　アスターが過大とも思える戦力投入を行った理由を一気に説明した。

　霧が薄くなっていく中、アリシアが空中で小首を傾げる。

「私は強い子と遊べれば良いけれど……工都に、水都で会った子も来ていた、とイーディスちゃんから聞いたわ」

「ふんっ！　『欠陥品の鍵』なぞっ‼」

「問題ない。下位使徒達の何れかへ六つ目の骨片を渡すよう聖女に指示した。ゼルベルト・レニエもだ。『天剣』であっても【氷龍】復活には間に合うまい」

　私は吐き捨て、アスターも懸念を一蹴する。

　石畳が現れ、霧の力が弱まっていく。

　謎多き使徒首座が口角を僅かに上げた。

「そも——工都での最終的な敗北は織り込み済みなのだ。雑多な連中はともかく、復活させた【氷龍】であっても『勇者』には勝てぬ。『花竜』や『水竜』が介入してくれれば猶更だ。今の世に、竜が何頭起きているかは誰にも分からぬがな」

冗談のつもりらしい。

鼻白み、不快極まる言葉が思い出される。

『いいかい——イオ。何があっても勇者やら七竜やらとやり合うんじゃないよっ！　命が幾つあっても足りないからね』

傍若無人の権化たる我が師であっても戦いを避ける怪物共、か。

アリシアが細い腕を伸ばした。

「霧を出るわよ」

視界が一気に開け——季節を無視して咲き誇る花畑が広がった。

それを割くかのように、石畳の路が小高い丘上に立つ建物へと向かっている。

私と吸血姫は空中で目を細めた。

「あれが……」

「アルヴァーンの古教会ね。『聖地』にある物の模倣らしいけれど、本当かしら？」

何がおかしいのか、アリシアがクスクスと笑う。

——『聖地』。

大陸西方、血河を越えた場所にあり、天高く世界樹の子が聳えていると伝わるが、人族側でこの数百年の間、生きて見た者はいない筈だ。

「……ぬ？」「あら？」

皮肉を返す前に後方より大きな魔力の乱れ。

私とアリシアは、たった今突破してきた霧森を肩越しにみやる。

骨竜が早くも一頭消失したか。

——アスターが石畳を石突きで叩く。

「急ぐぞ。目標はアルヴァーンが保持する神代の大魔法士にして、史上初めて【星約】犯せし者——【本喰い】の禁書だ」

「ふんっ。分かっている」「読むのが楽しみだわ」

進撃を再開しようとし——私達は即座に三方へと散った。

花畑の中から、無数の蔦が現れ襲い掛かってくる。信じ難いことに石畳や花そのものは傷つけていない。

「大規模植物魔法だとっ⁉　ちっ！」

私を捕えようとする蔦を風属性上級魔法『嵐帝竜巻』で切り刻み、炎属性上級魔法『灼熱大火球』で燃やし尽くす。

アスターが氷魔法で凍結させた蔦の上で、アリシアが黒傘をクルクルと回した。

「イオちゃん、ひっど～い。か弱い私が怪我をしたらどうするの？」

「黙れっ！　この程度の魔法で貴様をどうこう出来るのであれば、とっくの昔に──」

膨大な蔦が分かれ、石畳を子供のような体躯の女が歩いて来る。

長く淡い紫髪を翡翠色のリボンで後ろに軽く結び、頭には半妖精族の中でも極一部の者しか被ることが許されない花付軍帽。王立学校の制服姿なのは理解不能だ。

背に羽はなく人族にしか見えない。

左腰に手をつき、紫の双眸には心底から侮蔑が表れた。

「はんっ。何処の馬の骨共が来たかと思えば……」

極寒の視線が私を貫く。

魔杖が軋む程握り締め、魔法を展開させる。

「まさか、馬鹿弟子が交じっているとは。久しぶりだね、イオ？　あんたが癇癪を起こしてあたしの下を飛び出して以来だから……もう二十数年になるか」

「死ね」

私は光属性上級魔法『光神乱雨』を多重発動。

光の雨が降り注ぎ、女を一気に貫かんとし、

「相変わらず制御と静謐性が甘い」「！」

同数同威力の光線で悉く相殺された。魔杖を突きつけ叫ぶ。

『花天』シセ・グレンビシー。何故、貴様がこのような場所にっ！」

「――……あん？」

瞬間、空気が緊張を孕んだ。

アリシアが黒傘を畳み、アスターですら幾つかの魔法を準備し始める。

――人族という種の中で最も長き歴史を持つ半妖精族。

その一族において、約千年ぶりに羽を持たず生を享けながら、大英雄の称号を実力で継いだ最強最悪の魔法士が犬歯を剝き出しにした。

「イオ。あんた、何時から師のあたしにそんな口を利くようになったんだい？　聖霊教の馬鹿共とつるんで、けったいな格好をして……まったく情けない」

「き、貴様ぁぁぁっ！　っ！？！！」

魔杖を高く掲げ、私は紡いでいた戦術禁忌魔法『北死黒風』を展開し――分解される。

こ、この私に魔法介入だとっ⁉

神業を披露したシセは、凍えるように冷たい目をアスターへと向けた。

「で？　そっちが自称『賢者』と――」

アリシアが足場の蔦を蹴り、皆まで言わせず突撃！

黒傘を容赦なく叩きこみ、後れて轟音が届く。並の者ならば確実に死んでいる。

「……手癖の悪い妙な吸血姫だ。あたしの話は終わっちゃいないだろう？」

しかし、相手もまた怪物中の怪物。

シセは何時の間にか後方へと退いていた。空中に先程までなかった魔法書が浮いている。

砂埃を手で払い、アリシアへの問い。

「で？『三日月』アリシア・コ、、、、ル、ハ、ト、、、によく似ているあんたは誰なんだい？」

「あら？　忘れたの〜？　私よ――アリシア・コールフィールド。魔王戦争でたくさん共闘したでしょう？」

「……………」

小さな身体から桁違いの魔力が溢れ、空間を軋ませる。

……シセとアリシアは戦友であった筈。どういうことだ？

アスターを確認するも微動だにしていない。魔法書を開き、『花天』が呟く。

「あたしはね――あんた達が何を企んでいようが大して興味がないんだ。どうせ碌でもないことだろう？　――……だがねぇ」

「「！」」

暴風が花弁を空中に撒き散らし、シセの手に古い魔法書が出現していく。

長い紫髪を靡かせ、かつての師が使徒首座を詰問する。

「そこの男には聞いておきたいことがある。……あたしの可愛いローザを呪殺したのはあんたの仕業なのかい？」

「！　……何だと？」「……………」

『氷姫』ローザ・エーテルハート。

私の妹弟子にして、私が世界で唯一『敵わぬ』と思った天才魔法士だ。

病で亡くなったと風の噂で聞いていたが……呪いだと？

「見当外れだ。私ではない」

「その言葉を信じろと？　はんっ、聖霊教の使徒様が冗談を言うようになるなんて、二百年で多少は進歩したようだ。……血河で八名全員皆殺しにしておくべきだったよ」

アスターの返答に、シセは怒りで紫髪を逆立てながら吐き捨てた。

この間に二頭目の骨竜も倒されている。急がなければ、アルヴァーン一族を排除する前に敵の増援が現れるだろう。無駄な戦闘は避けたいが……不可能か。

目元に手をやり、怒れる大魔法士が口を開く。

「そこの吸血姫、殺される前に一つだけ質問しておくよ」

「？　な～に？？」

黒傘を地面に突き刺した、アリシアが怪訝そうな顔になる。

対して、シセは二冊目の魔法書を消した。

「あんたが『あの』アリシアだというのなら」

手を外すと――弟子であった私ですら見たことのない、冷たい双眸がそこにはあった。

「『流星』は血河の地でどう死んだのか――是非教えておくれ。あの優し過ぎた狼と共に死んだ筈のあんたなら簡単だろう？」

アリシアの動きが止まった。アスターの表情は依然として変わらない。

吸血姫はゆっくりと細い腕を頭上に掲げた。瞳と髪が紅に変わる。

「思い出させるなんて酷い人。――殺すわ」

強大な魔力が弾け、月夜を血のように染め上げていく。

シセが即座に魔法を認識する。

「戦略禁忌魔法……月夜を齎す『永劫紅夢』か。感想は？」「ん――芸がない」

『!?』

極大の閃光に一瞬だけ空が白んだ。

雷が深紅に染まりつつあった月夜を崩壊させていく。

こ、この魔法はっ……！　まさかっ⁉

絶句する私達に対し、空中からシセが嘲笑う。

座っているのは口を持ち、舌を出している巨大な魔法書だ。

「お前達はやはり愚かだ。一つ簡単な問題を出してやろう」

「「………」」

私達は反応出来ない。その余裕がない。

身体も最大警戒を発し、今すぐこの場を離れろ！　と訴えてくる。

性格が腐っているかつての師の問いかけ。

「この墓所を守っているのは、いったい誰だと思う？」

石畳の道をゆっくりと、神話じみた美貌を持つ少女が此方へ歩いて来る。

長い白銀髪。純白の服。腰に提げているのは漆黒の剣。

苦虫を噛み潰したかのように、アスターがこの場にいてはならない者の名を漏らす。

「……『勇者』アリス・アルヴァーン……」

人の身で平然と竜すら滅ぼし得る怪物は、両腰に手をやり薄い胸を張った。

「むふん。私が工都へ行くと思っていたのなら見込み違い。認識阻害をしたオーレリアとルーチェに騙されるなんて浅はか。そもあっちには同志と狼聖女、私の敵第三号──」

バチバチ、と雷柱が周囲を取り囲む。結界かっ⁉

アリス・アルヴァーンが腰の黒剣を抜いていき、上空のシセ・グレンビシーも次々と小さな魔法書を出現させていく。

「何より──私のアレンがいる。貴方達は自分の命の心配をすべき」

「全部話してもらうよ？　こう見えて、あたしは尋問の玄人なんだ」

『っ！』

無数の雷が降り注ぐ中、大英雄『勇者』『花天』相手の死闘が始まった。

# 第4章

「此処にいたのか、イブシヌル。濃い朝霧だ……水都を思い出す」

「……イフル、早いですね」


空に小望月が微かに白む、ララノア共和国首府『工都』。

建国記念府跡地を望む宝石屋の屋根で一人佇んでいた私——聖霊教使徒第五席たるイブシヌルは後方に降り立った盟友へ尋ねた。

「戦況はどうです？」

「お前の部下である、ルパードから先程報告があった。西方郊外で先陣同士の戦闘が始まり、……相当押されているようだ」

首にかけた、聖女様より下賜されし小袋を握り締める。外見こそ肥えた中年騎士だが、ルパードは長年内偵を務めて来た。見立てに間違いはない。

封じられてもなお抑えきれぬ膨大な魔力が洩れ、聖なる残光となって消えた。

——【氷龍】の凍結解呪は、獣人達をどんなに急がせても今夜となる。

敵とて馬鹿ではない。復活前に全力で攻め寄せて来ることは自明だった。

レニエ殿が攻勢の決断を下して下されば、マイルズが頑なに反対してもっ。

歯軋りする私の隣へ盟友が進み、騎士剣の柄に手をかけた。

「マイルズ・タリトーは有能だ。占拠した一国の首府を混乱させず、大鉄橋を修復させ、潜在的な敵である住民達も工都西部地区へ移送させた」

「同意しますが、英雄に率いられた共和国最精鋭が相手なんですよ？　表向きとはいえ、総大将が本営としたアディソン家の屋敷に籠りきりでは……」

いや、敵軍だけならば我等の力でどうとでもなる。

問題は『天剣』アーサー・ロートリンゲンと『天賢』エルナー・ロートリンゲン。

そして——『欠陥品の鍵』。私は更に強く小袋を握り締める。

「【氷龍】が復活する前に奴等は工都へ侵入してきます。そして……上位使徒の御二方だけでなく、レニエ殿も昨晩からイゾルデを連れ、西部地区の教会に結界を張られて籠られたままです。私達が何とかする他ありません」

聖女様の使徒として二度の敗北は許されない。正念場だ。

私達の指揮下にある戦力は、数の減った異端審問官達と重装魔導兵。自我をほぼ喪ったとはいえ、アディソンの屋敷に待機させているジェラルドも投入出来る。

……気に喰わないのは。

盟友が厳めしい顔を怪訝そうにした。

「どうした？　レニエ殿に何か懸念があるのか？？」

「いや、例の子鼠のことです」

新たな使徒候補イライオス。以前の名は東都鼠族の長ニシキの息子ヨノ。

常に追従笑いを崩さない小人物で、大魔法との相性が高く『保管庫』としての立場をジェラルドから引き継いだ。

私達の近くまで達した白霧を手で払う。都市中央を川が貫く工都とはいえ、今朝は随分と濃い。

「【氷龍】を縛る大魔法『炎滅』を回収したのは確かに偉功です。廃王子が壊れた以上、誰かがしなければなりませんでした。しかし、その後も地下に籠るのは……」

聖女様は差別を好まれない。

だからといって——新参の、しかも汚らわしい獣人の使徒候補が、私達の知らない任務に当たっている。納得が出来る筈もない。

どうして、聖女様はあの者を栄えある使徒候補になぞ。

　髪を掻き乱して話題を強引に変える。

「それにしても【氷龍】を復活させ、『賢者』殿はどうされるおつもりなのか……。正直に言います、ホッシ。上位使徒殿達の御考えを私は理解出来ていないんですよ」

「レーモン、私もだよ」

　懐かしい名で互いを呼び合う。

　私は大袈裟な動作で屋根の上を数歩前へと進んだ。

「時々夢想することもあるんですよ。『王国のレーモン・ディスペンサー伯爵』として生きていれば、幸せだったのかもしれない、と」

「奇遇だな。私も『侯国連合のホッシ・ホロント侯爵』として生きる未来もあった、と考える時もある。カーライル・カーニエンのように、たった一人の女の為に生きることは、生まれ変わっても到底出来そうにないが……」

　如何なる時でも冷静沈着な盟友の声色に微かな寂寥が混じる。

　侯国連合のカーライル・カーニエン侯爵は、聖霊教と聖女様について嗅ぎ回る大罪を犯して懲罰を受けた妻を助ける為だけに――ただそれだけの為に故国を裏切ろうとした。

　確か名はカルロッタ、といったか。東都時代、ホッシに幾度も二人の名を聞かされた記憶がある。数少ない信頼出来る者達、とも言っていた。

どうしようもなかったこととはいえ、多少思う所があったのだろう。

私達は聖女様の使徒である。同時に——所詮は人間なのだ。

息を深く吐き、何とか笑おうと試みる。

「イーディス殿が羨ましい。少なくともあの方は悩まないでしょう。『全ては聖女様の為に!』。なんと、素晴らしい考えか」

「だからこそ、聖女様の寵愛を受けている。信仰の差だ、信仰の」

「違いないですね」

若き頃、東都で酒を酌み交わした時のような笑い声はあがらない。

幼く幸せな『奇跡』を知らぬ時代は、とうの昔に過ぎ去った。もう戻れない。

ようやく白霧が薄くなり始め、決戦場となる都市を照らしていく。

「?」「——む」

一瞬、尖塔近くを駆ける複数の影が掠めた。

……白い兎? このような場所に??

当然イフルも気付き、私達はすぐさま探知魔法を発動——反応なし。

使徒次席の半妖精族『黒花』イオ・ロックフィールドは、性格最悪の人物だがその実力は本物。残していった探知結界は敵の侵入を確実に探知する筈だ。

気のせい――

「っ⁉」

轟音が霧に沈む工都全体を包んだ。

聳え立っていた幾本もの軍用尖塔が炎に包まれ、要塞化された記念府周辺の建物にも崩壊が波及し、霧と砂塵が視界を悪化させる。

――これは攻撃だ！

私とイフルは短剣と騎士剣を抜き放つ。

『て、敵――数は……』

通信宝珠は阻害音ばかりで役に立たず、魔力感知も阻害されている。

「敵の奇襲か？　イオ殿の探知結界をどうやって――」「レーモンっ！！！！」

思考を巡らす私をホッシが屋根からいきなり突き飛ばした。

「～～～～っ！」

空中で私は盟友に左手を伸ばし、声なき絶叫が口から勝手に迸る。

巨大な光の斬撃が建物を真っ二つにするのが見えた。

強烈な光が魔法の霧に沈む工都を染め上げる。

射線上にある使徒達がいた宝石店、多数の建物、魔力灯、大通りが斬り裂かれ、崩落していく。射程ギリギリでの援護攻撃とは思えない出鱈目な威力だ。

『すまん、アレン！　二人同時に斬るつもりだったが躱されたっ‼　作戦通り、私は本隊と分かれ単独で重装魔導兵達を狩る。使徒達は任せるぞ——記念府で落ち合おうっ‼』

「了解です、アーサー。御武運を！」

懐の通信宝珠へ返事をする。

アーサーとアディソン侯率いる精鋭部隊も無事に地下水路を抜け、地上へ出られたようだ。加えて——ハワード公爵家メイド隊第五席であるチトセさんが事前に工都へ放った、魔法生物の白兎達を媒介とした通信網は『黒花』の妨害下であっても有用。有難い！

「みんな、止まってください」

魔杖『銀華』を手に、先頭を駆けていた僕は宝石店前で後方の少女達へ合図した。

「倒せてはいないですよね～？」「二人は躱したと思います」

大剣を持ち普段通りの格好のリリーさんと、片手剣と魔杖を構え、左胸にカリーナの髪飾りを着けた軍装姿のステラが、炎花と氷華の魔法障壁を張り巡らせる。

「くっ……出遅れました」

最後方を駆けていた、白のブラウスに外套、蒼のスカート姿のティナが悔しそうに魔杖を握り締めた。自力で追随出来るようになった時点で凄い進歩だ。

宝石店に注意を向けつつ、僕は魔法生物の小鳥達から戦況を確認した。

工都と旧都を繋ぐ地下水路を用いての少数精鋭での工都侵入と、半妖精族の大魔法士『花天』がアディソン侯爵家に残していった、任意空間を魔法の霧で覆い尽くす、大規模戦略魔法『花天迷霧』を用いた奇襲作戦は順調なようだ。

……『黒花』の探知網を欺く魔法を単独発動させるエルナー姫、とんでもないな。

見張り台の軍用尖塔群は、オリーさん達ハワード公爵家メイド隊が同時破壊に成功。

敵本営のアディソン家屋敷前では早くも、ミニエーの海兵隊が交戦を開始している。

『天地党』側は軍主力を事前情報通り郊外に集結させていたようで、工都内で手強そうなのは内通者スナイドルの隊くらいしかいない。

厄介な重装魔導兵達もアーサーによって各個撃破されて——右手の甲に『氷鶴』の紋章を瞬かせ、ティナが鋭く警告を発した。

霧の中から無数の黒鎖が僕達へ殺到してくる。

聖霊教異端審問官達が好んで使う魔法だ。

リリーさんとステラが、その悉くを炎花と氷華で防いでくれる中、僕は属性中級魔法『風神波』を円形発動。立ち込める白霧が急速に晴れていく。

「フフフ～効かないですよぉ～★」「通させると？」

「貴様等、『黒花』殿の探知網をどうやって……まさか、この霧はっ」「………」

瓦礫の前で使徒イブシヌルが秀麗な顔を歪ませた。

純白のローブは、傍らで片膝をついた巨軀の使徒イフルの血によって汚れている。

先だっての戦いで喪った右腕と左腕は再生したようだが……大魔法『蘇生』の残滓と謂えど万能ではない。戦闘は不可能だろう。

使徒達を守る、フード付き灰色ローブの異端審問官達は特徴的な片刃の短剣を構え、魔法を紡いでいるが未知のものはない。

憤怒の表情で僕を睨み、イフルが首元の小袋を引き千切った。肌が粟立つ魔力。

「おのれっ！『欠陥品の鍵』がっ‼　だが、私は——」「イブシヌル」

ヌッ、と血塗れの大きな手が使徒の真下から伸びた。

小袋の中身を媒介に用い、外法を発動しようとしていた使徒が目を見開く。

「イ、イフル」「……私が時間を稼ぐ。その間に」

「みんな、後ろへ跳んでくださいっ！」「「「はいっ！」」」

純白ローブを鮮血で染め、聖霊教使徒第六席イフルの姿が消えた。

朝陽が陰り――

「くっ！」「**お前も為すべきことを為せっ！！！！**」

殺意の込められた騎士剣の一撃を、僕は魔杖『銀華』で受け止める。

戦闘不能の振りをして、転移魔法の呪符を使う機を窺っていたのか！

頬と、砕けた籠手の下の肌に魔法式を蠢かせるイフルの連続攻撃を捌いていると、異端審問官達が僕の後ろへ回り込む。敵ながら見事な挟撃だ。

『**殺っ！！！！**』

猛毒を湛えた十数の刃が煌めき、イブシヌルは不気味な魔法陣を形成しつつある。

けれど、僕は落ち着いていた。

この戦場に、ずっと背を預けてきたリディヤ・リンスターはいなくとも――

「させませんっ！」

ティナが雪風と共に裂帛の気合を放ち、魔杖を振り下ろす。

高速発動した氷属性上級魔法『閃迅氷槍』は異端審問官達の短剣を砕き、魔法障壁を貫いて、雪原に縫い留めようとする。

「……ちっ！」

溢れ出た鮮血で雪原を汚し、イフルは僕の魔杖を切り返して後退した。

氷片に拘束された異端審問官達が狼狽する。

「！　ば、馬鹿な」「我等の魔法障壁をこうも容易くっ⁉」「くそっ」

「え〜いっ！」

地面スレスレを紅光が駆け抜けるや、リリーさんが大剣を思いっきり横に薙いだ。

『！？！！』

炎が雪原を燎原へと変え、衝撃で地面に罅が走り、異端審問官達は周囲の瓦礫へ叩きつけられた。

「ステラ御嬢様♪」「自爆を封じますっ！」

紅髪の年上メイドさんが肩越しに片目を瞑る。

片手剣と魔杖を十字に重ね、公女殿下が試製二属性魔法『氷光神鎖』を発動。

『なっ⁉』

藻掻き、立ち上がろうとした異端審問官達に純白の氷鎖が殺到して完全拘束した。

ララノアへ来る途中に創った魔法だったんだけど。何時の間に。

「――……えへ」

微かに頬を染めたステラは、僕だけに見えるよう小さく舌を出した。困った子だ。

魔法陣中央のイブシヌルが目を血走らせる。

「おのれっ！　聖女様の使徒たる我等が貴様等なぞにっ‼」「負けぬっ！」

魔法陣前で左腕を凍結させたイフルが、騎士剣を地面へと突き刺す。

黒血の魔法式が地面に拡散し鳴動。時間を稼ぐ気か。

「この魔法……先生！」「アレン様！」

「ティナ、ステラ、大丈夫です」

驚きつつも、注意喚起をしようとしてくれたハワード姉妹を頼もしく思う。

大剣を左肩に乗せ、既に炎属性極致魔法『火焔鳥』を紡ぎ終えたリリーさんも。

僕は顔を蒼白にさせた巨軀の使徒へ警告する。

「その深手で――しかも大魔法の残滓の力を使って禁忌魔法を発動すれば、命にかかわりますよ？　本来は二人で使う魔法なのでしょう？」

「**愚問っ！　死の恐怖なぞとうにないっ‼　聖女様を讃えよっ！！！！**」

巨軀の使徒は咆哮し、騎士剣が折れるのも構わず、更に地面へと突き刺した。

複雑な暗号が施され魔法式が地面で明滅。

──禁忌魔法『故骨亡夢』が発動した。

瓦礫や地面から無数とも言える骸骨の手が這い出て来る。今だっ！

間髪を容れず僕は駆け出し、名前を呼び、

「ステラ！」「はいっ！　アレン様っ‼」

髪と空色リボンを靡かせて並走する公女殿下の背をそっと押し──魔力を繋ぐ。

瞬間、少女は心底幸せそうな笑みを零し、純白の双翼を広げ急上昇した。

「いきますっ！」

片手剣と魔杖を十字に重ね、二属性魔法『清浄雪光』を広域発動！

白蒼の氷華が舞い降り、骸骨兵達だけでなく、禁忌魔法自体をも浄化していく。

その姿、正しく奇跡を行使する天使！

「馬鹿、な……がふっ………」「！　イフルっ！！！！」

眼前で起きた事態に絶句し、巨軀の使徒が倒れ込み、大規模魔法を準備していたイブシヌルが駆け寄る。

放り出された小袋は魔法陣中央で宙に浮かんでいく。

──好機っ！

僕は身体強化魔法を全開にし、駆け出した。

「援護します！」「いっきま～すぅ～♪」

ティナが魔杖を振るい、『閃迅氷槍』を多重発動させた。

超高速の氷槍が形成する弾幕を縫い、リリーさんは『天風飛跳』を足に発動。

まるで空中を駆けるかのように僕を追い越す。速いっ！

**「舐めるなぁぁぁぁぁっ！！！！！」**

瀕死のイフルを抱きかかえたイブシヌルが、頬に『光盾』と『蘇生』の魔法式を浮かび上がらせ、短剣を振るった。水属性上級魔法『大海水球』が超高速発動し氷槍と激突！

幾つかはそのまま僕とリリーさんへ迫るも――炎花が重なり合う。

「無駄です★」

雪光が降り注ぐ中、三属性魔法『花紅影楯』が踊り、使徒の上級魔法を完封。

最後の一つに到っては、わざわざ左手を突き出し、

「アレンさんとお揃いの魔法式を貰った私に隙無し！　ですぅ～♪」

銀の腕輪を見せつけるように水球を受け止め、消滅させた。

横目で『褒めてくれても良いんですよ～？』とからかってくるのも忘れない。

リンスターはこれだからっ！

両目を大きく見開くイブシヌルへ、牽制の光属性初級魔法『光神弾』を速射。

ティナ、ステラ、リリーさんの氷槍や炎槍も加わる。

「くっ！　き、貴様ぁぁぁぁっ！！！！」

黒灰の『盾』を布陣させ防御するイブシヌルの脇を通り抜け、僕は魔法陣へ侵入。

破れた小袋から露わになった竜の骨片を奪取しようと、手を伸ばし――


『ア～～レ～～～ン～～～～！！！！！！！！！！！！！！！！』


「っ!?」

残っていた建物の窓硝子を割る程の金切り声を前上方から叩きつけられ、体勢を大きく崩した。血を滴らせた無数の黒棘が僕に迫る。

**「アレン様っ！！！！！」「アレンさんっ！！！！！」**

超高速で間に入ったステラとリリーさんが『光神壁』と『花紅影楯』を十重二十重に張り巡らせて防ぎ、黒棘は発動元まで遡って消え去った。

今の黒棘は千年を生きた魔獣『針海』の。

「せ、先生、あ、あれ、何ですか？」『…………っ』

ティナが前方の建物の屋根を指差した。僕達だけでなく使徒達ですら黙り込む。

そこにいたのは――ジェラルド・ウェインライトだった異形の獣。

右半身は炎に包まれ、左半身は刻々と濁り切った光、氷、水へと切り替わり、新しい傷が絶えず生まれては闇によって再生していく。

両手両足は氷の刃と一体化。背中から数えきれない気持ちの悪い黒水の手が出現し背中の黒棘を引き抜き、僕達へ狙いを定めている。

先日、大鉄橋で交戦した時と姿が違う。……この魔力は。

「大魔法『炎滅』の残滓を喰らって？」「っ!?」「……酷い」

ティナと空中のステラが驚愕し、リリーさんですら表情を歪めた。

これじゃまるで『実験体』だ。

「クク……ククク…………まさか、あの廃棄物が役に立つとは思いませんでしたっ！」

嗤い声が聴こえ、イブシヌルとイフルの姿が消えた。

同時に停止していた魔法陣が動き始める。まずいっ！

**「聖女様に選ばれ――直接、『奇跡』すら見た私達を舐めるなっ！！！！」**

**「五月蠅いですっ！」**

イブシヌルの咆哮と、リリーさんが『火焔鳥』を発動させたのはほぼ同時だった。

巨大な炎の凶鳥はジェラルドと魔法陣を呑み込み、黒茨の魔法式が骨片から広がるのが一瞬見え――

「「きゃっ」」「ティナ！　ステラ！」

全てが弾け、大衝撃が走った。

僕は咄嗟に『土神壁』を多重発動し、植物魔法で公女殿下達を背中に隠す。

続けて飛び込んで来たリリーさんの右手を取り、大衝撃に耐える。

周囲の建物が更なる破壊に曝され――やがて収まった。

汚れた魔力と白霧が風によって撹拌される。

「えっ⁉」「……そんな」「ムムム～」

頭上を見上げたティナとステラが目を見開き、リリーさんは思案顔になる。

上空遥かで僕達を睥睨していたのは――怪物だった。

巨大な皮膚のない蜥蜴のような頭と黒棘で形成された翼。大剣のように長く鋭い歯がズラッと並び、頬まで裂けた口。

炎、水、光、闇、氷の膨大な魔力が周囲に撒き散らされ、穢れを拡大する。

そして――薄い皮膚を張った額に浮かぶのはジェラルドの歪んだ顔。

「……偽の竜？」「ロストレイと同じですっ！　だけど、こんなことが……」

「どういう原理かは分かりませんが、ジェラルドと融合したようですね」

ティナとステラに応じながら、僕は状況を努めて冷静に確認した。

使徒二人の内、イフルは戦闘不能で『故骨亡夢』も霧散。片割れのイブシヌルも魔力を大きく減衰させ、瓦礫上で転移魔法の呪符を使う機を窺っている。

問題は上空の偽竜だが……倒せなくはない。

ティナとステラの成長は著しいし、リリーさんは正直言って僕よりも強い。

ただ——僕達の目標はあくまでも【氷龍】だ。

厄介な使徒二人を無力化出来た以上、この場での戦闘に意味はない。

同時に無視出来る相手でもないし——小鳥が右肩に止まり、情報を届けてくれる。

僕は盤面が変化することを確信し、魔杖を回転させ試製魔法『光雷神鎖』を発動。

『！』

四方八方から光と雷の鎖が空中の怪物に纏わりつき、動きを拘束した。

すぐ解かれるだろうけど、時間稼ぎにはなる。

「……アレン様」

自分ではなく、魔杖の魔力が使われたことが気に入らなかったらしく、空中のステラが背中の白翼で風を送ってきた。そんな目をしてもダメです。

「ステラ、増援が来るまで浄化魔法で足止めを——」

言い終える前に、白兎が僕の肩へ飛び乗ってきた。

通信宝珠から、チトセさんの切迫感のある声。

『アレン様、急ぎ戦況を報告致します』

背後で奏でられているのは斬撃、打撃、魔法による激しい戦場音楽。

少年が『イゾルデっ！　どうしてっ‼』と泣きそうな声で叫んでいる。

『敵本営はアディソン侯率いる部隊がほぼ制圧致しました。然しながら現在、オリー様以下のハワード公爵家メイド隊及びアーティ・アディソン侯子にて、突如来襲した吸血鬼――内通者イゾルデ・タリトーと交戦中です。そちらへの援護は不可能だと思われます』

「アーティが？　しかも、相手は……了解です」

生きていてくれたことにホッとし、同時に考える。リドリーさんは一緒じゃ？

イブシヌルが唇を動かした。

『馬鹿なっ。本営がこうも容易く？　これでは【氷龍】の復活も……』

使徒達にとっても想定外か。

『！！！！！』

偽竜の鎖が一本、また一本と砕けていく。

――ジェラルドの憎悪と血に染まった視線が僕を貫いた。

「ティナ！　いくわよっ‼」「はいっ！　御姉様‼」

白翼を羽ばたかせ、薄蒼髪(うすあおがみ)の公女殿下は妹を抱きかかえ飛翔(ひしょう)した。

あっという間に骨竜と同高度へ到るや、

「「ええぃっ！！！！！」」


ハワード姉妹は、『清浄雪光』を纏わせた氷属性極致魔法『氷雪狼(ひせつろう)』を発動！

空中で藻掻(もが)く骨竜は必死に歪(いびつ)な『光盾』を生み出して防御しようとするも——

「それはもう見飽きました！」

僕は魔杖を薙(な)ぎ、介入して自壊させる。

『ッ！！！！！！！！』

空に浮かび上がるジェラルドの口が絶叫する前に、神聖さを帯びた氷狼(ひょうろう)が直撃！

魔法障壁そのものが崩壊していく。

紅髪を靡かせリリーさんが地面を蹴り——消える。

短距離戦術転移魔法『黒猫遊歩』で凍り付いた骨竜の頭上へと転移するや、大剣へ炎花を集束させ、思いっきり振り下ろした。

「**いっきますよぉぉぉぉ！！！！！**」

『**⁉　ガァァァァァァァァッ！！！！！！！！！！！！！！！！！**』

紅炎の斬撃を叩きつけられた頭に怪物は堪らず地上へと落下し、瓦礫を押し潰して、吹雪と猛火を発生させた。頼りになり過ぎる公女殿下達だ。

「くそっ！」

イブシヌルは戦況の悪化に堪らず、イフルを抱きかかえ転移の呪符を翳し、退いた。

良しっ！　後はジェラルドをどうにか出来れば。

「ティナ、降ろすわね」「はいっ！　御姉様」

僕が動く前に妹を地面へ降ろしたステラは、空中で剣と魔杖を大きく振った。

二羽一対の極致魔法『氷光鷹』が顕現！

白翼を羽ばたかせ、ステラは年上メイドさんの名を呼んだ。

「リリーさん！　相手は私達でっ‼」「は～い♪」

「ステラ、リリーさん――」

その後の言葉を呑み込み、瓦礫を吹き飛ばし、背中に黒水と黒炎の腕を生み出した偽竜へ立ち向かう少女達の背を僕は見つめる。

「先生！」「ティナ、二人に任せましょう」

秘伝『蒼楯』で偽竜が放った黒灰の禍々しい光線を弾き返すステラと、追撃の炎花で黒翼を切り刻むリリーさんを確認し、呟く。

「ああ――来ましたね」「ふぇっ？」

ティナの変な声を聴きながら、僕は頭上を見上げた。

明けの空に純白の蒼翠グリフォンと複数の黒グリフォンが飛んでいる。

王都からの増援だ！

ただ、『四英海』と港湾都市スグリは封鎖されたまま。

しかも……黒グリフォンを使役しているのは、『天鷹商会』だけだった筈だけれど。

黙考していると、蒼翠グリフォンが急降下し、

「**兄さんっ！！！！**」「♪」「えっ⁉　えええええっ！」

王立学校の制服を着て、僕の制帽を被った狼族の少女と、白い外套姿の幼女が飛びついてきた。灰銀と白紫の獣耳と尻尾が分かり易く揺れている。

ティナが目を丸くしたのを横目で見つつ、二人を受け止め、僕は名前を呼んだ。

「おっと。やぁ――カレン、アトラ」

遥々異国までやって来てくれた世界で唯一の可愛い妹と、大精霊『雷狐』である幼女の紫髪と白髪を優しく撫でる。

頭上で旋回中の、長い首が特徴的な純白の蒼翠グリフォンに目線を向け問う。

「カレン、あの子、ルーチェだよね？　もしかして、アリスも――」

「アレン様っ！！！！」「アレンさんっ！！！！！」

ステラ、リリーさんの余裕のない警告が響いた。

再生を阻害され、悪戦していた偽竜は複数の新たな尾を作り出し、思いっきり地面に叩きつけ、反動で跳躍した。

「こ、このぉっ！」

ティナが氷属性上級魔法『双大氷柱（そうだいつらら）』を放つも、背中から伸びた水の腕を犠牲にして無理矢理突っ込んで来る。動きが洗練され、ジェラルドの瞳にも明確な嗜虐（しぎゃく）が見て取れた。

……もしや、竜の力を掌握しつつあるのか？

僕は微動だにしなかった。ここで躱（かわ）したりすると後が怖い。

異形の偽竜は口を大きく開き、

『！？！！』

目で見える程に分厚い魔法障壁ごと切断された右翼は紅蓮（ぐれん）の炎（ほのお）に包まれ、光の蹴りで粉砕された左翼は灰へと還（かえ）っていく。追撃の『火焔鳥（かえんちょう）』が一帯を大燎原（だいりょうげん）へと変え、信じ難（がた）い密度で光属性上級魔法『光芒瞬閃（こうぼうしゅんせん）』が降り注ぎ、破壊を振りまく。

呆れるカレンと驚きで固まったティナ、楽しそうなアトラを背中へ隠すと、すぐ近くの地面に、長く美しい紅髪で剣士服姿の少女がまず降り立った。

手には魔剣『篝狐』を携えている。

「脆いわね」

少し遅れて、光り輝く金髪で白の魔法衣を身に纏った少女も着地し、胸を張った。

腰には滅多に持ち出さない聖剣を提げている。

「軽いわ！」

――この同期生達ときたら！

僕は最後に降り立った、申し訳なさそうな白狼のシフォンの頭を撫で、苦笑する。

「いや……そういう問題じゃないと思うよ？　リディヤ、シェリル」

＊

瓦礫を吹き飛ばし、偽竜が這い出て来た。

「お任せです～」「さっきみたいなことはさせませんっ！」

すぐさま、リリーさんとステラが反応し、『火焔鳥』と浄化魔法で浮遊する気持ちの悪い『盾』を燃やし、削っていく。

光景を一瞥し、リディヤが左腰へ手をやった。

「カレン、小っちゃいの！　私達は話があるわ。足止めをしなさい」

「……仕方ないですね」「り、了解です」

妹は短剣を抜き、雷を身体に纏わせて『雷神化』！

閃駆し――ステラを狙っていた黒水の腕を顕現させた十字雷槍で薙ぎ払った。

ティナが僕へ注意しつつ駆け出す。

「先生、何かあったら叫んでくださいっ！」

魔杖を振り、巨大な氷属性極致魔法『氷雪狼』を解放。

ジェラルドの展開する無数の盾、黒腕が瞬く間に凍結し、そこへカレンの雷属性上級魔法『迅雷牙槍』が八発同時に降り注ぐ。

『アアアアアアアアアアアアアアアアアアアアッ！！！！！！！！』

ステラの浄化魔法『清浄雪光』も加わり偽竜が苦悶し、絶叫。

苦し紛れに撒き散らされた、炎棘はリリーさんの『花紅影楯』によって防がれる。

話す時間は十分ありそうだ。

そうこうしている内にリディヤが、僕の隣へにじり寄って来た。

「ええ——貴女達は逃げた使徒を追撃して。近衛と協力してね」

シェリルは通信宝珠で直属護衛隊へ指示を出している。近衛まで⁉

紅髪の公女殿下が細い指で僕の左頬を突いた。

「さ？　何か言うことはないのかしら？？」『かしら～♪』「ほっぺー？」

リディヤの内にいる大精霊『炎麟』のリアもはしゃぎ、足下のアトラが僕の頬を突くリディヤを羨ましそうに見つめている。教育に悪いっ！

上空で旋回していた黒グリフォンが工都の四方へ散っていくのを見つつ、僕はお澄まし顔の腐れ縁へ苦言を呈する。

「……シェリルまで連れて来たのはさ」

「はぁっ⁉　そこは『来てくれてありがとうございます、御主人様』でしょうぉぉぉ？

まったく、目を離すとすぐこれだから。再教育が必要——っ⁉」

「リディヤ、ちょっとそこどいて☆」

美しい金髪を陽光で煌めかせ、白の魔法衣の王女殿下が公女殿下を押しのけた。

——そして。

「アレン♪」

極自然な動作で僕を抱きしめた。華奢で柔らかい感触にドギマギしてしまう。

僕の同期生はとても綺麗なのだ。

「なっ⁉」『っ！』

どかされたリディヤだけでなく、激しく戦闘中のティナ達も気付き目を見開き、憤怒と極寒の視線を叩きこんできた。

けれど、王女殿下は一切気にも留めず、僕の頰に指を滑らせた。

「水都の時は間に合わなかったけど——今回こそ言えるわね」

キラキラと魔力が光り輝き、満面の笑み。

「シェリル・ウェインライトが狼族のアレンを助けに来たわっ！　どう？　嬉しい？」

そこにあるのは純粋無垢な想い。

この未来の女王陛下は、僕達を助ける為だけに様々な無理を全て通し、異国の地へやって来てくれた。とても怒れない。

後方で『……ねぇ？　早くしてくれない？』と黒炎羽を撒き散らし始めた公女殿下に慄きつつ窘める。

「……嬉しいよ。嬉しいけどさ」

「フフ――良かった。あ、そーだ。公的な功績は全～部！　貴方のものになるよう手配しておいたからね♪」

「シェリルさんっ⁉」

とんでもないことを告げられ、僕は不覚にも狼狽してしまう。

ま、まずい。非常にまずい。どうにかしないと。

大気が震え、巨大な偽竜が大通りを幾度も跳ねながら、吹き飛ばされた。

少女達が一斉に抗議する。

「は、離れなさいよ、この腹黒王女っ！」「それは妹の特権です」「シェリル様、お話があります」「はしたないですっ！　先生もっ！」「全面的に同感です～」

「え？　嫌だけど？？　えい」

あっさりと却下するや、シェリルは左手を握り締めた。

各属性魔法槍の弾幕を掻い潜ろうとしていた偽竜が、光属性上級魔法『光帝花檻』によって閉じ込められ――七本の巨大な十字光槍に貫かれる。

『アァァァァァァァァァァァァ！！！！！！！！！！！！！』

工都全体に届くかのような悲鳴が木霊した。

光の檻を喰い破ろうとする姿に、シェリルが悲し気に目を伏せる。

「ジェラルド……憐れね」

この兄妹は仲が良くなかった。シェリルが、虐げられていた、と言ってもいい。

けれど……そんな異母兄にすら憐憫の情を持つシェリルは、良き女王陛下になってくれると僕は信じている。

「…………」

不満気なリディヤもそう思ってくれているのが『誓約』の力で分かった。

ボロボロになりながら光の檻を突破した偽竜と、ティナ達が相対する。

僕の左側に回り、シェリルが説明を開始した。

「増援は私達と近衛の精鋭よ。貴方の後輩も四名程参加しているわ。ララノアの『天賢』には通達済み。オズワルド・アディソン侯自らが前線に出ているとは思わなかった」

「帰ったらフェリシアとリィネを褒めないと駄目よ？　あの子達が遠征の準備を整えて、『天鷹商会』を動かしたんだから。『四英海』の御母様と叔母様にも御礼をね」

「……どうしてそんな事になっているのさ」

稀少な黒グリフォンで迎撃不能な高度を飛んで来たなんて、無茶苦茶だ！

リディヤの含みのある言い方からして、大規模に軍を動かしてもいるのだろう。

通信宝珠から、聞き知った人達の陽気な会話が飛び込んでくる。

『行くぞ、リチャードっ！　馬鹿リドリーを探せっ‼』『分かっているさ、オーウェン！』

『だ、誰か——団長と副長を止めろっ！』『無茶言うなよっ⁉』

『ん〜こんな感じかのぉ、ヴァル？』『スセ先輩ともあろう御方が生温いです、ヴィル』

『有象無象は掃除しておくべきです。ユーリ』『ヴァルに全面同意を』

どうしよう、止めてくれそうな人が誰もいない。

僕は二人の同期生へもう少し詳しい話を尋ねようとし——

「…………」

唐突に小鳥が待ち人の来訪を告げた。

緊張を表に出さないようにしながら、魔杖『銀華』を握り直す。

「帰ったら、ゾイを一緒に慰めておくれよ？」

「馬鹿ね、適材適所よ——**皆、下がりなさいっ！**」『？　はいっ！』

リディヤが、偽竜を追い詰めつつあったティナ達へ後退を指示。

少女達は怪訝そうにしながらも、僕達の傍まで後退する。

直後——白髪紅眼、眼鏡が印象的で純白ローブを身に纏った聖霊教使徒が、ズタボロになり動けない竜から人へと戻っていくジェラルドの前へ降り立った。

背中の禍々しい血翼は紅く、腰には片刃の短剣を提げている。

僕は歯を食い縛り、名前を呼んだ。

「ゼル……！」

「よぉ、アレン。来たなぁ」

聖霊教の手によって生き返り、使徒にされてしまった僕の親友――ゼルベルト・レニエがしゃがみ込み、懐から小袋を取り出した。

昔と変わらぬ軽い口調で揶揄してくる。

「大魔法の残滓を五つ。魔獣『針海』。『竜の骨片』を喰らってこの様か……。アレン、お前の教え子さん達と関係者は強過ぎるぞ？　賭け事にもなりやしない」

「ゼルっ！　僕は……僕が君をっ‼」

『アレン、ダメ』「だめ」

リアの声とアトラに袖を握られ、立ち止まる。

親友の持つ小袋からジェラルドの心臓へ『竜の骨片』が転がり、吸い込まれた。

『ッッッ！！！！！！！！！！！！！！！！！！』

人形のように廃王子の身体が跳ね上がり、宙へと浮上。

ブクブクと肉が膨れ上がり、変異を開始し――無数の炎羽が舞った。

「おいおい……いきなりだな、姫さん達」

皮肉を呟くゼルと肉塊がリディヤの『火焔鳥』、シェリルの光属性上級魔法『光帝閃鎖』に飲み込まれる。

天をも焦がす炎が周囲一帯を焼き尽くし、光鎖の嵐も徹底的な破壊を振りまく。

「リディヤ！　シェリル！　まだ、僕は話が——」

「駄目よ」「駄目」

二人の姫に抗議しようとするも、制される。

白髪幼女が僕の手を握り締め——消えた。

『♪』

僕の中でアトラが詠う。

【氷龍】を倒す為には、アトラとリア——大精霊の力が必要だ。

……けどっ。

逡巡する僕に対し、リディヤと前方に突き刺さった石壁上のシェリルが口を開く。

「ステラ、カレン、シフォンと協力してジェラルドを制圧なさい。シフォンもね」

「ティナとリリーはアレンと一緒に記念府へ。使徒は私とリディヤで押さえます」

「「はいっ！」」「わ、分かりましたっ！」「はい～」

「…………」

少女達が一斉に動き始める中、僕は身体を震わせ、項垂れる。

覚悟はしていた。したつもりだった。

だけど、僕にゼルは……親友はっ！

両肩に温かい手を感じ、ハッとして顔を上げる。

「リディヤ、シェリル……」

「貸しよ」「利子付だから」

一見普段と変わらない態度だ。

けれど――二人の瞳には覚悟があった。

『狼族のアレンに、聖霊教使徒第四席ゼルベルト・レニエは倒せない』

だからこそ、自分達は此処にいる。

……敵わないな。

通信宝珠からアーサーの声が飛び込んできた。

『アレン！　重装魔導兵の掃討は終えたっ！　もうすぐ記念府に到着するぞっ‼』

「――……了解です」

短く応答する。僕も行かないと。

「アレン」

相方が僕の胸に頭を押し付けてきた。

「――……すぐ追いかけるわ。気を付けて」

そっと左手の薬指に触れ約束する。

「うん、分かっているよ。シェリル、みんなを頼むね」

「ええ、任せて！」

石壁上で手をブンブン振る『光姫』様へ左手を掲げ、走り出す。

振り返りはしなかった。

*

私へ後事を託してくれたアレンが走り去り、立ち込めてきた霧の中に消えていく。

――ホッとする。

誰よりも優しい彼をこんな場所に置いてはおけなかった。絶対に。

「リディヤさん……」「シェリル様、もしかして……」

私達が残った理由にカレンとステラも思い至ったようだ。僅かに頷く。

前方の猛火の中を平然と歩いて来る長身な影と、少しずつ本物の『竜』を模した姿へ変貌中の肉塊を睨みつける。

シフォンを撫で「私とリディヤはいいから、みんなを助けてね？」と願う。

「～～～～！」

幼い頃からずっと一緒の白狼は咆哮し——私達が見上げる程に巨大化した。

こういう戦場において、誰よりも頼りになる親友が魔剣を構え、注意を喚起する。

「カレン、ステラ、さっきまでのジェラルドとは別物よ」

「分かっていますっ！」「リディヤさんとシェリル様もお気をつけてっ！」

十字雷槍を手に狼族の少女は地上を。

片手剣と花宝珠の魔杖を持つ純白の天使は空中を。

その二人の前をシフォンが駆けていく。

炎の中の敵影が左手を振るうと、光鎖がバラバラに砕け散る。

突風が吹き荒れ、肉塊だったものが侵空してきた。

『っ！』

カレン達が息を呑んだ。

——そこにいたのは『醜悪』としか表現出来ない、『竜』を模した怪物。

蜥蜴のような頭部には無数の白目。口は縫い付けられたかのように封じられている。

背には黒水や黒炎で構築された歪な翼と無数の黒棘。

長い胴体からは、十数本の人の手足が意味もなく飛び出ている。

もう『ジェラルド・ウェインライト』の部位は血走った左の瞳しか残っていない。

「ステラ！」「カレン！」「！！！！」

けれど——少女達とシフォンは一切臆せず、人だった怪物へ挑みかかっていく。

名高き工房都市の大通りや、古い建物が敵味方の攻撃で破壊されるのを気にせず、私はリディヤの右隣で前方の男を真っすぐ見つめた。

手で純白ローブについた砂埃をはたき——ゼルベルト・レニエが姿を現す。

外見こそ全く変わってしまったものの、学生時代と変わらぬ軽薄さで揶揄。

「何だ？　アレンの奴。折角ララノアへ来たのに、狡知な『賢者』と、悪辣極まる『聖女』に見込まれた使徒第四席の俺とは遊んでくれず、あんなどうでもいい百年前に創られた龍退治に夢中かよ。つれない奴だ。なぁ——そう思わないか？　お姫さん方」

「「………………」」

私達は答えない。

——『使役された』ではなく『創られた』、ね。

リディヤが魔剣を左手に持ち替え、右手で紅髪を苛立たしそうに払った。

「……馬鹿だ、馬鹿だと、学生時代から思っていたけれど」

感情に呼応し、漏れ出た炎羽が所かまわず燃やしていく。

親友がかつての友人を冷たく嗤う。

「ここまでとは思わなかったわ。あんたが聖霊教の自称『聖女』やら『賢者』如きに操られる？　あいつが認め、信じていた不撓不屈の魔剣士、ゼルベルト・レニエ男爵が？？

……はんっ！　そんなわけないでしょう？」

シフォンが前脚を薙ぎ、右前方の建物に醜い竜が突っ込んだ。

そこへカレンとステラも一切の躊躇なく突撃。アレンが自慢するわけね。

リディヤと私はレニエへ秘密を暴露する。

「あんたがどうして、聖女やら賢者やらに従っているのか？　答えは単純よ」

「生前——万全のアレンと全力で戦えなかったから、ですよね？」

ピクリ、と使徒の白い眉が動いた。

私にとって——アレンは出会った時からずっと『闇を照らしてくれた光』だ。

彼の隣を歩き続けるのはどんな訓練や試験よりも難渋ではあるけれど……『彼と争いたい』と思ったことはない。

それは、隣で憤怒を隠そうともしないリディヤも同じだろう。

親友が怒りで紅髪を逆立たせる頭を振る。

「本当に馬鹿よね……そんなことの為に生き返ってこないでくれる？」

「はっきり言います、迷惑です」

「……手厳しいな、おい。そこまで言わなくてもいいだろ？　ああ、裏切れないよう、縛られているのは本当なんだぜ？？　生前の願望も相当強く出るようにされているんだろうな。ま、そういう気持ちがなかった、とも言わんさ。俺も男だからな。百年……いや、下手すると千年に一人の天才様と真剣勝負をしてみたいとは思っていた」

道化師じみた口調で切り返すも、眼鏡の奥の紅眼は本気だった。

「ねぇ……知っている？　聖霊教使徒第四席ゼルベルト・レニエ」

リディヤが右手を握り締めると、炎羽が暴威を振り撒き、長い紅髪が魔力でますますその『紅』の濃さを増す。

――『剣姫』は怒っているのだ。

自分を救ってくれた男の子を悲しませた元友人を。

辛うじて残っていた石畳が魔力に耐えきれず、罅が走っていく。

「あいつは……アレンはね？　あんたが死んだ後……あんたの為に全ての功績をかなぐり捨てて、王都地下大墳墓への埋葬を願ったのよ？　**『ゼルベルト・レニエは救国の英雄です。ならば、相応の処遇をしなければそれは王国にとって恥となります。僕に功がある、と仰るならばその全てと引き換えに……どうかっ！』**って」

あの時のアレンの悲痛な顔はハッキリと覚えている。

亡き親友の名誉を守る為――私達の想い人はありとあらゆる努力をした。

自分自身は化石のような旧法により、葬儀の参列が叶わぬことを知りながら。

左手の魔剣をリディヤが薙ぐ。

「……………」

無言の使徒の頬を斬撃が掠め、後方の石壁を業火によって完全に消失させた。

紅髪の公女殿下が地面を踏みしめると一帯は陥没し、業火が吹き上がる。

「普段は自分の為の頼み事なんかまるでしないあいつがっ、御父様や御母様、学校長……果ては私やシェリルにまで頭を下げ続けてっ！　なのに――……」

左手の魔剣がゆっくりと動いていき、凄まじいまでの罵倒。

「当の本人がこの様？　ふざけるんじゃないわよっ！！！！！！！！！！」

何時もの私だったら止める。けれど、今回ばかりは止めない。

私も同じ気持ちだからだ。

「私はアレンの『剣』。あいつを悲しませる存在を断ち切り、燃やし尽くす『剣』」

リディヤが右手を胸に押し付ける。

紡がれたのは壮絶な告別。

「あいつを悲しませ、その心を傷つける存在を——生かしておく理由が微塵もないのよ、聖霊教使徒第四席ゼルベルト・レニエ。単純な話でしょう？」

「レニエさん、貴方も分かっている筈です」

リディヤにとってアレンは字義通り全てだ。

彼の隣に居続けること以外、他の事は全て些事に過ぎない。

そんな私の恋敵が、彼に嫌われる危険性もある『レニエの排除』を決断した。

応えなければ、シェリル・ウェインライトはリディヤ・リンスターの親友を名乗れない。

ウェインライトの聖剣『逝き去りし黒』を引き抜き、使徒へ突き付ける。

「たとえ、戦場にて一騎打ちまで漕ぎ着けたとしても……あの人に貴方は討てません。アレンは恩人である貴方を討つくらいなら」

私は瞑目し、左手で胸に触れた。

困った彼の笑みが瞼の裏に浮かぶ。

「最後の最後で、笑ってわざと討たれる。……そういう人でしょう？」


目を開けると、レニエはほんの少しだけ唇を歪めた。

「…………ああ、そうかもしれないな」

私達もほんの微かに口角を上げる。

前方の戦場で、片手剣と魔杖にアレンの創った秘伝『蒼剣』と『蒼楯』を発動させたステラが醜い竜の息吹を真正面から空中に弾き、上空の霧と雲を霧散させた。

リディヤと私はそれぞれの愛剣を構える。

「ま、妹さんの墓参はしてあげるわ」「壊させはしません」

長年に亘りレニエが追い続けた老吸血鬼イドリス、その眷属にされていた妹のクロエさんのお墓は王都にある。問題視する者も出て来るだろう。

かつての友人が眼鏡を指で上げた。

「……感謝する」

惜別の時間が終わりを告げる。

水色屋根のカフェで馬鹿な話に興じた四人は——もう二度と戻って来ない。

「さて、と」

レニエの両手に血が集束し、剣を象っていく。両足は地面から離れ、空間に数百、数千の血槍を生み出す。

「じゃあ——折角だし派手にいこうぜ？　あんた達とも殺し合ってみたかったしなぁ」

血の双剣を持つ半吸血鬼が鋭い犬歯を剝き出しにして咆哮する。

**「精々俺を愉しませてくれよっ！　『剣姫』と『光姫』！！！！」**

吹き荒れる突風に紅髪を乱されながら、リディヤが吐き捨てた。

「……やっぱり馬鹿ねっ！」

「全面的に同意するわっ！」

親友は右手を、私は左手を翳し――引き抜く。

深紅の炎と眩い光が一帯を支配し、血槍群を一瞬で消滅させる。

レニエが眼鏡の奥の目を細めた。

「……何だかんだ生きている間は見る機会もなかったか」

『剣姫』リディヤ・リンスターの右手に現れたのは、美しき炎剣。

『光姫』シェリル・ウェインライトの左手には白花の蕾持つ光杖。

二人でこうして両手に武器を持つ戦いなんて、それこそ五年ぶりだ。

血剣に限界まで魔力を込めた、吸血鬼が壮絶な笑み。

「そいつが魔王戦争以前、長命種族の英知を結集し生み出された、神代の残り香――リンスターの炎剣『真朱』とウェインライトの光杖『月白』か！」

炎羽と光片がそこかしこで渦を巻く。

この戦闘が終わる頃には、近辺はきっと更地になってしまうことだろう。

物悲しさを味わう間もなく、リディヤが炎剣と魔剣を重ねるや――二羽の巨大な炎属性極致魔法『火焔鳥』がレニエの頭上へ出現した。

私も聖剣と光杖を振るい、敷き詰めるかのように光の十字雷槍で広範囲に結界を構築。

逃げ道を完全に塞ぎ、二人で同時に地面を蹴り――大跳躍する。

「灰一つ残すつもりはないわっ！」

「アレンには『尻尾を巻いて逃げました』と伝えておきます！」

*

待ち人は建国記念府前の大通りで、独り猛然と戦っていた。

閃光が走る度、聖霊教異端審問官達の戦意が砕けてゆく。周囲の建物は破壊され尽くしているが、背のマントも、純白と蒼を基調とする鎧にも汚れすらない。

僕はぴったりと追随してくれている、小脇にティナを抱きかかえたリリーさんへ目配せし、建物の屋根から飛び降りる。

右手の魔杖を構え、空中で氷属性初級魔法『氷神蔦』を広域発動。

「アーサー！」『⁉』

英雄に片刃の短剣を振るおうとした異端審問官達を、氷蔦(ひょうちょう)で拘束する。

「アレン、間に合ったかっ！　せいっ‼」

『～～～～！？！！！』

アーサーが魔剣『篝月(こうげつ)』『狐月(こげつ)』を半回転しながら振るい、敵を一掃！

着地した僕達へ不敵にニヤリと笑った。

「ティナ嬢とリリー嬢も無事で何よりだ。エルナーからそちらの情報は伝達されている。大変だったようだな」

「……ええ」

僕は胸の痛みに耐え、辛うじて応答した。

リディヤとシェリルが、使徒に狙われる危険性や社会的立場を無視して、この機に工都(こうと)へやって来た理由なんて決まっている。

僕の優しい同期生達は……僕に代わってゼルを討つ、ただそれだけの為にこの戦場へと降り立ったのだ。返さないといけない恩義がまた増えた。

「リ、リリーさんっ！　降ろして、降ろしてくださいっ‼」

「すぐまた移動ですよぉ～？　ん～――ならぁ」

紅髪の年上メイドさんはティナを解放し、後ろから抱きしめた。

「これでいいですかぁ～♪」「ち、違っ――」

珍しい攻防に、少しだけ心が和む。

魔杖の石突きで地面を叩き、雷属性初級魔法『雷神探波』を発動。

四方を警戒しつつ、アーサーに短く尋ねる。

「戦況は？」

「郊外の叛乱軍はエルナーの指揮で包囲が完了した。さっきも言った通り、工都の重装魔導兵は全て斬った」

「……なるほど」「！　魔導兵を」「全部ですかぁ～」

僕は呆れ、ティナとリリーさんも驚きを隠せない。

聖霊教の重装魔導兵は大魔法『蘇生』『光盾』の残滓を埋め込まれている。

こんな短時間で百体近くを単騎で……ラノアの『天剣』恐るべしっ！

工都を覆う魔法の霧が自然の風によって流されていく。

郊外で軍を指揮するエルナー姫が『花天迷霧』の発動を止めたのだろう。

魔力を繋いでいるので、ステラが戦闘中なのは分かる。

リディヤとシェリルは……『真朱』と『月白』を使っているようだ。離れていても、大気と地面が悲鳴をあげている。

　リリーさんがティナを抱きしめたまま、「異常なしです。敵はいません」と報告してくれたので、僕は金髪の英雄様との情報交換を再開した。

「敵本営にマイルズ・タリトーの姿はなく、イゾルデはハワード家のメイド隊及び生きていたアーティと交戦中と聞きました。問題は……」

「最大警戒すべきヴィオラ・ココノエとレヴィ・アトラスの姿がない。例の使徒候補と獣人族達もな。建国記念府で我等(われら)を待ち構えているのだろう」

　上位使徒達はともかく、戦力的にはそこまで重要じゃない筈のクーメや、獣人達が姿を見せない。不気味ではある。

　アーサーが冗談めかす。

「どうも、アーティは勇戦しているようだが、リドリーは何処(どこ)で何をしているのやら」

「「…………」」

　言葉に含まれた焦燥を感じ取り、僕達は黙り込んだ。『剣聖』様がいてくれれば心強いのだけれど……。

　双剣を振り、アーサーが血を払った。

「ああ、そうだった。お前が探していた――エルンスト・フォス、だったか？　ミニエー達が保護したぞ！　本営へ移送されていたようだ」

「エルンスト会頭が⁉」「「！」」

心が軽くなる。迷惑をかけた敏腕番頭さんに、良い報告が出来そうだ。

生き残らないと！

アーサーの左肩に紫色の小鳥が降り立った。

「エルナーからだ。軍は郊外の会戦に勝利した。後は」

「ええ」

頷き合い、英雄と拳を突き付け合う。

戦意を漲らせる公女殿下達へ僕は指示を出した。

「ティナ、リリーさん、行きましょう。【氷龍】復活を阻止しますっ！」

「はいっ！　任せてください、先生っ‼」「メイドさんにお任せです～☆」

抵抗らしい抵抗を受けることなく、僕達は炎上する工都を疾走した。

軍事用に接収されていた建物はもとより、歴史ある各工房も被害は甚大なようだ。

戦前の姿に戻るまでにどれだけかかるのだろう……。

「停まれ」

目的地である建国記念府前の大広場に到るや、先頭のアーサーが右手の魔剣を横に突き出した。

未だ薄らと霧が立ち込め視界は悪い。

通信宝珠は……駄目だ。他の区画よりも阻害が徹底されている。

「ティナ御嬢様、降ろしますね～」「きゃっ！」

リリーさんが僕の前へ進み、大剣を自然に構えた。

解放されたティナはスカートを払い「――良しっ」と自分に気合を入れ、僕の後ろへ。

魔杖には初手から氷属性極致魔法『氷雪狼』が紡がれている。

「あれぇ？　真っ先にアーティ様が追って来て下さると、と思っていたんですがぁ」

少女の声が降って来た。

僕の風属性中級魔法『風神波』に、リリーさんの炎花も呼応し大広場の霧を吹き飛ばし、炎上させる。

巨岩に座った、血塗れの寝間着に使徒の着る純白ローブを羽織った吸血姫――内通者、イゾルデ・タリトーが姿を現し、不機嫌そうに深紅の瞳を細めた。

本営での戦闘を切り上げていたのか。

「いきなり酷いですねぇ。少しお話を」

戯言を最後まで叩かせず、アーサーとリリーさんは瞬時に間合いを詰め跳躍した。

圧倒的な身体能力と絶大な魔力を誇るも、戦闘経験に乏しいイゾルデは反応出来ず。

「恨みはないが」「退場しておいてください」

双剣と大剣が吸血姫に振るわれ——悲鳴じみた金属音。

アーサー達の斬撃を防いだのは、緩やかに湾曲した片刃の長剣だった。

「…………」

灰色ローブの少女——聖女付従者ヴィオラ・ココノエはフード下の黒い瞳に不快感を表し、左手でイゾルデを大穴近くへ放り投げた。そのまま空中で、アーサーとリリーさんを相手に十数合打ち合う。信じ難い技量だ。

内心で舌を巻きつつ、僕は光属性中級魔法『光神槍』を多重発動。

ヴィオラへ後退を強いるも、更なる追撃は神速の槍によって薙ぎ払われる。

「…………」

全属性中最速の光属性魔法を、何ら痛痒を感じない様子で凌ぎ切った、フード付き灰色ローブを身に着けた少女——使徒第三席レヴィ・アトラスは長槍をこれ見よがしに回転させた。奪われたアディソンの宝剣『北星』はその手にない。

ヴィオラが吸血姫を一瞥し、弾劾した。

「使徒候補イゾルデ、遊ぶつもりならば――聖女様へ献身を成した後で速やかに殉教せよ。後日アディソンの侯子も送ってやる」

「！　も、申し訳ありません、ヴィオラ様」

「首尾は」

真っ白な頬を更に白くして立ち上がったイゾルデに、今度はレヴィが短く尋ねた。

ただし、槍の穂先は僕の心臓へ向けられている。

安易に動けば……死ぬ。

「聖女様のお言いつけは万事抜かりなく。あちらも――同様です」

『っ！』

地面が大きく揺れ、建国記念府跡に空いていた大穴の周辺が凍り付いてゆく。

【氷龍】の復活がもう⁉　幾ら解呪を早めたにしても早過ぎる！

イゾルデが背中に血翼を広げ、上空から大穴を見やった。

「何しろ――御父様はとても真面目で、信仰深い方ですので」

マイルズ・タリトーと迎撃に出てこない獣人達は全員地下かっ！

認識するや否や空中に無数の血刃が布陣し、僕達へと降り注ぐ。

「させませんっ！」

紅髪を靡かせ、リリーさんが大剣と炎花で血刃の嵐を防ぐ。

このままでは埒が明かないと思ったのだろう。

ヴィオラとレヴィも前傾姿勢へと移行し——

「ティナっ！」「はいっ！」

僕達は合同で氷属性初級魔法『氷神散鏡』と『氷神蔦』を多重発動させ、血刃を乱反射。氷蔦と合わせ、上位使徒を足止めする。リリーさんの援護も——

「お前は危険だ」「小賢しい」

神速の斬撃と突きが放たれ、氷鏡と氷蔦が瞬時に霧散した。

ヴィオラを前衛に、レヴィがその陰に隠れる形で地面スレスレを突撃してくる。

狙いは——ティナ！

僕は魔杖の穂先に雷刃を形成。迎撃しようとし、

「アレン！ 罠だっ！！！！！」

ヴィオラの抜き打ちを双剣で止めたアーサーが叫んだ。レヴィの姿が消える。

転移魔法の呪符か！

「死ね」「っ！ こ、このぉぉぉっ‼」

ティナは咄嗟に紡いでいた『氷雪狼』を頭上へ発動しようとするも、間に合わない。

――白い影が舞い降りた。

「死なせるかっ！」「⁉」

長槍の穂先が、狐族の老格闘家の放った蹴りによって砕かれる。

「フッハッハッハッハッ！　横槍だっ‼」

アーサーと斬り合っていたヴィオラは、地上を突撃してきた赤髪の公子殿下が放った炎剣の横薙ぎを後退して回避。黒髪が数本散り燃え落ちる。

フード下の黒い瞳に僅かな緊張を滲ませた。

リリーさんがイゾルデに逆襲するのを確認し、僕とアーサーは叫ぶ。

「し、師匠っ⁉」「リドリー、遅いぞっ！」

『剣聖』リドリー・リンスター公子殿下と、幼い頃から王立学校へ入学するまでの間、僕に体術を教えてくれたフゲン師匠が厳めしい顔で、前へと進み出た。

視線の先にいるのはヴィオラと、フードが破け獣耳と白髪金眼を露わにしたレヴィだ。

アーサー達に聞いてはいたけれど、想像以上に若い。ステラやカレンと同年代――下手すると年下かもしれない。しかも、本当に猫族だなんて。

師匠の厳しい視線が僕を貫く。

「……仔細は後日だ。こ奴等の相手は、儂とリンスターの公子でする。征け！」

「はいっ！」

みんなと共に僕が動き出そうとした、次の瞬間！

激しい振動後、複数の巨大な氷柱が大広場を貫いた。

『！？！！！』

驚愕（きょうがく）するも、僕はティナの腕を取って広場から離れ目を見開く。

「これは……」「**先生っ！　来ますっ‼**」「**アレンさん、下ですっ‼**」

ティナの右手の甲に『氷鶴（ひょうかく）』の紋章が現れ、リリーさんにも余裕がない。

アーサーとリドリーさん、師匠ですら凍結していく大広場を見たまま動けない。

地面が砕け、小山程の【氷龍】の前脚が躍り出るや、氷河が広がっていく。

『**オオオオオオオオオ！！！！！！！！！！！！！！！！！！！！！！**』

憎しみの大咆哮（だいほうこう）が地下から工都（こうと）全体に轟（とどろ）き、大気を激しく震わせた。

既にヴィオラとレヴィは、再び攻撃を仕掛けてこようとしている。イゾルデもだ。

怪物の完全復活を許してしまえば――工都は終わりだ。

「**ティナ！　リリーさん‼　アーサー‼！　作戦通りにっ‼！**」

「！　は、はいっ‼」「──はい★」「！　応っ！！！！！」

僕達は一斉に突撃を開始した。

作戦開始前夜に、リルから託された龍の討伐方法を思い出す。

**『首を斬り、頭と胸にある心臓を潰し確実に殺せ。贄とさせるな』**

地面が更に揺れ、左前脚も地上へと姿を現した。

ティナを抱きしめて「わっ！」と名も無き試製飛翔魔法を発動。

リリーさんの足場用に氷鏡を展開させつつ、先陣を切る金髪の英雄を追いかけ、地上へと出てこようとしている怪物へ迫る。

魔力の余波だけで鋭い氷片や、氷塊が行く手を阻んでくるも──

「私が～☆」

リリーさんの『火焔鳥』と炎花が突撃路を維持し続ける。

護衛の役割に徹してくれている年上メイドさんの唇が動いた。

『埋め合わせ、期待しています♪』

……全部終わってから必ずっ。

師匠とリドリーさんは使徒達と無言の対峙を続け、間合いをはかっている。

──『切り札』を使う時は今っ！


「ティナ！」「どうぞ！」

待ってました、とばかりの反応。

僕は公女殿下の小さな手を握り締め──魔力を繋ぐ。

ステラとも繋ぎっぱなしなので二人同時だ。

「とても──温かいです。勇気がどんどん湧いてきます」

目を閉じ、少女は胸に手を押し付けてそう呟いた。

キラキラと魔力が洩れ、髪の毛が伸びていく。

「いきますっ！」「はいっ！」

僕は魔杖を振り、遂に地上へと這い出てきた、蛇の如き巨大な【氷龍】を八本の氷光鎖で縛り上げる。首にロートリンゲンの双剣は突き刺さっているものの、四肢に動きを封じていた大魔法『炎滅』の鎖はない。解呪されたのか？


『！？！！！！！！！！！！！！！』

氷翼を広げようとしていた創られし怪物が、蒼眼を血走らせ、黒蒼の身体から苛立たしそうに四方八方に氷塊や氷柱を投げつけ、一帯を更なる地獄へと変えていく。

**「ティナ、跳びますよっ！」**「**はいっ！**」

氷塊に着地し、戦術短距離転移魔法『黒猫遊歩』で龍まで指呼の間に到っていた英雄様の傍へ跳ぶ。

「アーサー！　機会は一度切りです」

**「万事任せよっ！　これでも——ララノアで英雄をやっているっ！」**

眼前の氷塊を英雄は双剣で両断し、更に速度を上げた。

次々と氷槍が降り注ぐも、後方のリリーさんが『花紅影楯』で防ぎ切る。

「メイドさんにお任せです♪」「……世のメイドは荒事を基本せぬのだぞ？」

使徒達を師匠に任せたらしいリドリーさんが冷静に指摘しながら、アーサーの前へ跳躍し、輝きを増した炎剣『従桜』を全力で振るった。

炎が今や氷河と化した大広場を駆け抜け、藻掻くだけで工都東部を崩壊しようとしている【氷龍】への路を作り出した。いける！

後はあの怪物相手に僕が考案した一撃が効くか、どうか——

『ツカエ、我ノ力ヲ。マガイモノヲ滅セヨ』『♪』


突然、『氷鶴』の声が聴こえた。アトラも歌っている。

懐かしい台詞だ。ティナが僕の左手を強く握り締める。

「先生！」「おっと」

飛び出してきた氷柱を躱し抱きかかえると、公女殿下は腕の中で右手の甲を見せた。

「どんとこいですっ！　後でこの子に名前をつけてあげてくださいっ‼」

覚悟が定まる。

「では、遠慮なく！」「全力でいきますっ！」

ティナを近場の地面へと降ろすと、魔杖どうしを重ね合わせ、『氷鶴』の魔法式とアトラの魔法を紡いでいく。

以前だったら、きっと躊躇った。

けど——初めて会った時よりも遥かに成長した少女の大人びた横顔を見てしまえば、そんなことはもう言えない。

ティナ・ハワードはリディヤ・リンスターに匹敵する天才なのだ。

「偉大なる【龍】よ！　【英傑殺しの氷龍】よっ‼　人の手によって創り出された――悲しき定めを背負う神の残り香よっ‼　許せ、とは言わぬ」

無数の氷塊、氷弾、氷槍、氷柱を凌ぎきり、アーサーが遂に龍の至近へ辿り着いた。

桁違いの魔力が双剣へと注ぎ込まれ、眩い光を放つ。

怪物の首に突き刺さった二振りの名剣が、呼応するかのように瞬いた。

英雄の獅子吼。

**「だが、我が故国のっ！　世界の平穏の為っ！　その首――『天剣』アーサー・ロートリンゲンがもらい受けるっ！！！！！」**

双剣を重ね放たれた光の斬撃が龍の魔法障壁に接触した。

――ここだっ！

僕はティナと魔杖を重ね合わせ、『氷鶴』の力をアーサーの双剣へ注ぎ込む。

『ッッッッッッ！！！！！！！！！！！！！！！！！！！！！！！！！』

光の刃が蒼く染まり巨大化。魔法障壁を斬り裂き凍結させていく。

もう少し……もう少しだっ。

けれど、足りない。

ここで僕が紡いでいる魔法を使ってしまえば——アーサーの脇を赤髪の兄妹が駆け抜け、跳んだ。

**「リリー、メイドは度胸だっ！」「それは私の台詞ですっ！」**

**「せいっ！！！！！！！！！！！！！！！」**

まず、リドリーさんの炎剣『従桜』と炎花を全て集めたリリーさんの大剣による同時攻撃が最後の障壁を一気に切断した。

アーサーはこの機を逃さず。

**「オオオオオオオオオオオオオ！！！！！！！！！！！！！！！！！！！！」**

双剣を全力で振り抜き――【氷龍】の首を両断した。

しかし！　傷口から氷蔦が伸びて頭と胴体とを繋げ、再生が始まっていく。

とんでもない生命力だ。

僕は驚嘆しながらも、魔杖の穂先を真っすぐ向けた。


「【閃雷】」


紡ぎ続けていた大精霊『雷狐』の力を借りた雷魔法を発動。

閃光は氷河を駆け抜け、龍の胸を狙い違わず貫き――炸裂した。

『～～～～っ！』

敵味方関係なく、暴風と衝撃波に翻弄され、最早戦闘どころではない。

ティナを抱きしめ、魔法障壁や『土神壁』でやり過ごす中、ただでさえ崩壊寸前だった大広場が崩落し、龍もまた地下へと落下していく。

腕の中で固まっていた薄蒼髪の少女が零す。

「やった……？」「**いや、まだだっ！　頭を潰さねば、再生するっ!!**」

最前列で衝撃を緩和してくれていた、アーサーが鋭く否定した。

地下に微かな魔力……【氷龍】はまだ生きている。

僕は振り返り、後方の皆へ請う。

「師匠、リドリーさん、リリーさん——この場はお任せします！」

すると、短時間とはいえ、聖女の従者と上位使徒、吸血姫をも単独で抑え込んでいた師匠が、白い眉と尻尾を機嫌良さそうに動かされた。

「少しはマシな顔をするようになったか」

「託されたっ！」「私はアレンさん達と一緒の方がぁ～」

「…………」「貴方達は邪魔なんですよぉぉぉ！」

土と氷片交じりの靄を突き破り、ヴィオラ達とイゾルデが現れた。

師匠が長い片刃の長剣を振るうヴィオラと、リドリーさんが穂先の砕けた槍を持つレヴィと、リリーさんが血翼を広げたイゾルデとの交戦を再開する。

「アーサー、ティナ、大穴へっ！　止めを刺しますっ‼」

「おおっ！」「はいっ！」

僕はそう叫ぶや、髪が長く伸びたティナを左手に抱きかかえ、【氷龍】が落ちた大穴にその身を躍らせた。

# 第5章

王立学校時代よりも遥かに強大化した炎の凶鳥が、数百の血槍、血盾を一瞬で消失させ、上空のゼルベルト・レニエへと迫る。

如何(いか)な半吸血鬼でも、アレンが改良を続けてきたリディヤの『火焔鳥(かえんちょう)』が直撃すればただでは済まない。

「ちっ！　これだから、一を聞いたら百を学ぶ天才公女殿下はっ‼」

ローブを血で汚した白髪紅眼の使徒は血翼で無理矢理方向を転換、回避に移った。

——けど、甘いっ。

炎上し穴だらけの大通り上で、炎剣(えんけん)『真朱(しんしゅ)』と魔剣『篝狐(こうこ)』を構えリディヤが叫ぶ。

「シェリルっ！」「分かっているわっ！」

私は反対側の折れ曲がった魔力灯を一気に駆け上がり、聖剣『逝(ゆ)き去(さ)りし黒(くろ)』と光杖(こうじょう)『月白(げっぱく)』を重ね合わせ、光属性上級魔法『光竜花鎖(こうりゅうかさ)』を多重発動させる。

純白の花弁が列(つら)なって光の鎖となり、使徒へ流星雨のように降り注ぐ。

「元々の出鱈目な魔力に加えて、聖剣と光杖は反則が過ぎるだろうがっ⁉」

レニエが苦々しそうに血の双剣と、背の血翼を刃に変えて防ぎながら、通りの中央へ押し出されていく。

**「これでっ！」**

突撃を開始したリディヤの炎剣と魔剣に『火焔鳥』が急降下し——猛火が舞い躍る。

双剣にリンスター公爵家の秘伝『紅剣』が発動！

長い紅髪の『剣姫』は大通りを一直線に疾走し、

**「終わりよっ！」**

真紅の斬撃で血翼の刃を両断し、体勢を大きく崩した本体へ迫る。

あれは躱せない。

**「まったくよぉっ！　愉しいよなぁっ‼」**

すると、レニエは鋭い犬歯を剝き出しにし、雄叫びを上げた。

腰へ手をやり、

**「だけど——あんまり俺を舐めるな」**

一気に短剣を引き抜くや、リディヤの『紅剣』を真正面から受け止める。

炎と赤黒い魔力が拮抗し、周囲に更なる破壊を振りまく。

「くっ！」

咄嗟に私は聖剣と光杖を振るい、光属性上級魔法『花天光刃』を発動。

レニエを枝分かれした光刃で狙う。

「おっと！　そいつはまずいっ‼」

対して、使徒は血槍の弾幕でリディヤを牽制し、血盾で光刃の軌道を逸らして、後退を選択した。

途中左腕が切断され灰になり、傷口から鮮血が噴き出すも気にした様子はない。

距離を取り数少ない無傷の魔力灯に着地すると、白灰が集まりレニエの腕が再生する。

「……ちっ」「吸血鬼だから出来ることね。月が出てなくてこれなわけ？」

リディヤが心底忌々しそうに舌打ちし、私も悪態を吐く。

戦況は私達がやや有利。

けれど――押し切れない。

レニエの近接戦闘の恐るべき技量と底知れない魔力量が、一対二にも拘わらず拮抗状態を作り上げている。

本当に手強い。

リディヤと私の服装が戦闘で此処まで汚れたのは記憶にない。

互いに一切の遠慮なくやり合った結果、古い町並みは完全に崩壊してしまった。偽竜へと変容したジェラルドと依然交戦中のステラ達の周囲も同様だ。

右手に古めかしい短剣を持った、レニエがニヤリ。

「本当にやるな、姫さん方。廃王子の方も佳境みたいだし、ここらで決着……ん？」

「！」

工房都市全体が大きく震えた。

魔力の発生源は——建国記念府地下！　こ、これって⁉

「やれやれ……時間切れ、みたいだな」

使徒もまた目を細め、金属音と共に細い短剣を鞘へ納めた。

わざとらしく右手の親指で唇の血を拭う。

「……………」

リディヤと私は黙ったまま同意する。

直後、偽竜がレニエの後方に位置する服屋に突っ込み、動かなくなった。

「はぁはぁ……」「ステラ！」

白翼の消えたステラが私の傍の瓦礫へ降り、荒く息を吐いた。そんな親友に『雷神化』を解いたカレンが寄り添う。炎上する建物を吹き飛ばし、姿を見せたシフォンは元気一杯なようだけど……二人は大分消耗したみたいね。

白髪紅眼の使徒が前髪を掻き揚げ、私とリディヤへ淡々と零す。

「あんた等は誰よりも分かっていると思うんだが……」

左手で転移魔法の呪符を翳すと、人の姿に戻った白目のジェラルドが現れる。

──紅眼がリディヤと私に交互に向けられた。

「英雄ってのは不可能を可能にする存在だ。まして狼族のアレンなら猶更な。あいつなら、龍の一頭や二頭、どうとでもするだろう」

「「…………」」

私達は複雑な顔になった。レニエは使徒に堕ちてなお、彼への敬意を持っている。

意識のないジェラルドがレニエの影に飲み込まれ、消えた。何の魔法かは不明。

シフォンがレニエの後方へ回り込むのを視認していると、使徒は目元を手で覆った。

「が――それすらも全て聖女の謀の内だとしたら？」

「…………」「？　どういう意味です？？」

紅髪の親友は分かり易く怒りを露わにし、私は理解出来ず問い返す。

レニエは罅の入った眼鏡を外し、丁寧に懐へ仕舞った。

「リディヤ・リンスター、シェリル・ウェインライト……遊んでくれた礼代わりの忠告だ。あんた等が思っている以上に、こっちの『聖女様』は悪辣で」

炎上する煤で汚れた空を一羽の小鳥が飛んでいる。

「「「っ！」」」

リディヤと私だけでなく、レニエの後方へ移動したステラとカレンも、背筋をビクリと動かした。

……気のせい？　今、誰かに見られたような？

空を見上げ、レニエが畏怖を漏らす。

「アレンを狂信狂想しているぞ？　常人なら絶対に取らない、細い細い糸を平然と通していやがる。あいつは味方の誰も信じちゃいないんだ。聖霊教の教皇も、使徒達も――共犯関係の自称『賢者』もな。あの女が信じている生者はアレンだけだ。**『私の救世主様に不**

可能はありません』ってな。そして——このどうしようもない世界において、あいつ程、『どうにかしてしまう』才を持つ奴はいない。……最悪の相性だ。先手を取るのは『聖女の知らない世界の真実』でも手に入れない限り不可能だと思え」

「……長々と」「言いたいことはそれだけですか？」

気を取り直し、リディヤと私は冷たく反撥した。怒りで無数の炎羽と光片が舞う。

聖霊教の自称『聖女』の話は重要だ。でも——今はっ！

レニエが軽く左手を振る。

「それだけだ。さ、行けよ。あ～……こんな様で言うことじゃないんだが」

血が『花』を模した魔法陣を描いていく。ステラを抱えたカレンが獣耳を動かし「……半妖精族の転移魔法？　嘘でしょう？」と唇を震わせた。

使徒はまずリディヤ、そして私と視線を交錯。

そこにあるのは昔と同じ苦笑い。

「俺の優し過ぎる親友を頼むよ。取りあえず、だ。シェリル姫はもっと頑張れっ！」

「なっ⁉　あ、貴方ねぇっ！」

言い捨てるや、文句を言う間もなくレニエの姿は魔法陣の中へ消えた。手に持つ剣と魔杖を痛い位、握り締める。

意地の悪い同期生ではあった。けど……数少ない友人でもあった。

どうして、何でこんなことにっ。

「シェリル、先に行くわ」「リディヤっ！」

紅髪の公女が制止を無視し、走り出す。

行き先は禍々しい魔力を発している建国記念府の大穴だ。

「……もうっ！」

私は通信宝珠で護衛隊の面々に最新の戦況を確認し――ララノア軍の実質的な総指揮官であるエルナー・ロートリンゲン姫とも意見を交換した。『雷神化』と『天使化』を維持出来なくなった少女達へ指示する。

「カレン、ステラ、貴女達はアディソン家の屋敷へ。シフォンを護衛に残すわ」

「シェリルさんっ！」「私達も記念府へっ！」

「駄目よ」

シフォンの鼻先に指で触れ「二人をお願い！」と頼む。

後輩達の肩を彼がするように、軽くぽん。

「私はアレンに貴女達を任されたの。私とリディヤに任せて、ね？」

＊

信じられない位に深い大穴の底――アディソン家が建国以来、秘してきた建国記念府の地下に降り立った僕達は強い違和感を覚えた。

――【氷龍】がいない。

目線先に広がる、石柱が建ち並ぶ仄暗い地下空間には血の雪原が形成され、悍ましくも強大な魔力が肌を撃つ。

何かが死体を引き摺ったのか？　あれ程の巨体を？？

「アレン……」「せ、先生……」

前方のアーサーと左隣のティナも異変を感じ取ったようだ。

「…………」

顔を顰め、僕は魔杖から『雷神探波』を多重発動。

強大な石柱に支えられた空間を紫電が駆け抜け――唐突に消滅する。

破損を免れた石壁の簡易魔力灯が明滅し、幾つかが落下し石畳上で砕け散った。

大魔法『炎滅』によって封じられた龍が居た地下空間から先に、結界が張られているようだ。薄蒼髪の公女殿下の肩を軽く抱き締める。

「ティナ、僕がいます。──隣を守ってくれるんでしょう？」

「は、はいっ！　任せてくださいっ‼」

瞳を見開き、少女の前髪がピンっと立ち上がった。……励まし過ぎたかな？

右手の腕輪と指輪が溜め息を吐くかのように瞬く。天使様と魔女様は僕に厳しい。

アーサーへ目配せし、僕達は前進を再開した。

ララノアでの戦いもいよいよ最終局面だ。

探知に引っかかったのは一人だけだけれど……油断は出来ない。

魔力灯の下を進んで行くこと暫し。

先頭の英雄が唐突に歩を止め、剣を突き出した。

切っ先には、ぼんやりとした光で照らされる微かに開いた巨大な石扉。

間違いない、【氷龍】が封じられていた『儀式場』だ。

「……妙だな」

英雄の金銀瞳には強い警戒と嫌悪。

「地下に集められていた東都出身の獣人族達は何処へ行ったのだ？　一人や二人ならいざ知らず、誰一人として『外へ出た』という報は受けていないぞ」

「？　……ま、まさか」「…………」

ティナも最悪の想定に思い至ったようだ。

短く名前を呼ぶ。

「アーサー！」「応っ！」

先程、龍の首を落とすという偉業を成し遂げた英雄は双剣を全力で振り抜いた。

二条の閃光が走り巨大な石扉を両断！　氷片と土煙を舞いあげた。

僕達は一気に中へ突入。

石屋根は以前よりも破損し、八本の石柱にも大きな罅が走っている。

漂っていた淡い紅と蒼の光は消え去り、濃い血の臭いが鼻を突く。

大魔法『炎滅』の魔力は完全に消失し、深蒼の氷風で視界が利かない。

これは使徒首座が使った『墜星』の。

「やぁ――アレン。もう来たんだね。聖女様の御言葉通りだっ！」

頭上から、高揚した少年の声と共に魔力量は多いものの、稚拙な風魔法が発動した。

視界が急回復し、未知の魔法式が瞬く『儀式場』が露わになる。

「ひっ！」

ティナが悲鳴をあげて僕の左袖に抱き着く。

──氷鎖に巻き付かれた巨大な龍の首が『儀式場』に少しずつ沈んでいく。

その周囲には、粗雑なローブを血で染めた数十人の獣人達が倒れ、中には鼠族族長ヨノ、猿族族長ニシキの姿もあった。

全員、恐怖で顔を硬直させている。

利用されるだけ利用され、使い捨てにされたのか……。

この氷鎖の魔力──大魔法『墜星』。

中央部分より先は依然として濃い闇に包まれていてよく見えず、ボロボロな大剣、短槍、刀、巨人族が使う大斧が所々に突き刺さっているのが辛うじて認識出来た。

僕は龍の頭上に立つ少年へ話しかける。

「クーメ、君がどうして……」

「フフフ──今は使徒候補イライオスだよ。すぐ使徒になるけどねっ！　このローブと巻き物も聖女様に賜ったんだ‼」

使徒達の着るフード付き純白ローブを纏った鼠族の少年は、唇を歪めた。

左手に持つ巻物からは、使徒首座にして自称『賢者』アスター・エーテルフィールドと同じ魔力を感じる。あれで龍を引き摺り込んだのか。

　少年は龍から飛び降りると、見せつけるようにフードを手で外す。

「「っ！」」

　その頬、首筋、袖から覗く手に到るまで黒血の魔法式が蠢いている。

　大魔法『光盾』『蘇生』『水崩』『隧星』——そして、『炎滅』を刻印して⁉

　絶句する僕と視線を合わせ、東都で幼馴染のトネリの後を付いて回っていた時とはまるで異なる明るさでクーメがはしゃぐ。

「どうだい、この魔力？　凄いだろうっ！」

「クーメ……」

　前へ出ようとすると、右手の腕輪と指が痛みを発した。

　ティナも僕の左袖を引っ張り囁き、心中の幼女も警告してくれる。

「（先生！　この子が『危うい』とっ‼）」『凄く嫌な魔法！』

……『氷鶴』とアトラですら警戒しているなんて。

　僕は物悲しさを覚えながら、同郷の少年を説得する。

「悪い事は言わない、クーメ。そこからすぐに離れるんだ」

「イライオスだって言ったよね？　僕は偉大な使徒首座様からこのローブを賜った未来の

使徒なのさ！　愚かな父上達はその意味を理解してくれなかったけどねっ‼」

　少年の小さな体躯から魔力が漏れ出ては地面へ落ち、穢れが広がっていく。

　明らかに暴走寸前だ。

　――クーメはアスターによって『儀式場』の『贄』にされようとしている！

　自らの置かれている状態に全く気付いていない少年は、その場でローブを見せつけるように一回転した。純白の裾や袖が血と黒の魔力に染まっていく。

「僕はもう矮小な鼠族のクーメなんかじゃないっ！　誰かに媚を売ったり、多くの獣人達みたいに怯えなくていいんだっ！　トネリみたいな粗野で、愚かで、何にも出来ない奴とは違うっ‼　偉大な力を授かった――選ばれし者なんだよっ!!!」

　僕はこの少年が東都でどう過ごしてきたのかを良く知らない。

　記憶に残っているのは強い者の陰に隠れ僕を攻撃してきた卑屈な姿と、トネリ達にばれないよう妹のカレンに向けていた歪んだ好意だけだ。

　はしゃぐクーメが巻物を両手で持った。

「フフフ……ああ、そうだぁ。今、君が降伏してくれるなら命は助けてあげるよ。カレンを僕に差し出すならね」

　感情の抑制が利かなくなるのはジェラルドと同じだ。

侮蔑に怒り、長い薄蒼髪を逆立てたティナを左手で制する。

「選ばれし者だから……用済みな父親のヨノや猿族族長ニシキや皆を殺した、と？」

「嗚呼、分からないかなぁ。昔から君はそういう奴だったよね……。人族なのに、僕達よりも植物魔法が上手くて、妙な仲間意識を持っていて……本当に大嫌いだったよっ」

クーメは大袈裟な動作で巻物を広げていく。

**「父上達は死んだんじゃない、栄えある殉教を遂げたのさっ！」**

床の魔法式が生きているかのように氷刃を伸ばし、八本の石柱に突き刺さった。

鼓動するかのように明滅を繰り返し、『鎖の巻き付いた氷剣』が絡まり合い、精緻極まる魔法陣が中空で次々と組み上がっていく。

王都で見た『天使創造』とは違う。

龍の首に突き刺さる双剣を一瞥し、『儀式場』内でクーメが暴論を披露する。

「父上達は聖女様が真なる『蘇生』を完成された時に、復活の栄誉を得られる。生きていても僕のようにはなれないんだし、死んだって構わないじゃないか？　フフフ――この素晴らしい賢者様の魔法式が気になるかい？　これはねぇ、アレン」

深蒼の魔法式が床に突き刺さったボロボロの武器に繋がり、鼓動し始めた。

クーメが傲岸に勝ち誇る。

「神代を知り、この地で非業の死を遂げた『英雄創造』の魔法だよ」

「……えっ？」

ティナが戸惑い、僕を見上げた。

水都旧聖堂地下と王都地下の『儀式場』が生み出した存在もそれぞれ異なっていた。

やはり、何かしらの実験を……？　リルの懸念通りか。

クーメが巻物を引き出しながら、ララノアの英雄へと視線を移す。

「金髪に金銀瞳。純白と蒼の鎧とマントに美しき双剣――『天剣』アーサー・ロートリンゲン、君は強いんだろう？　とてもとても強いんだろう？？」

瞳に嘲りと微かな羨望。

次いで隠しようのない選民意識を露わにした。

「だけど、神代を知る英雄達の力とは比較にならないっ！　僕は教皇庁書庫で禁書を読んだから知っているんだっ‼　彼等の一撃は大地と海を割り、島を消し――」

美しい純白ローブは血と魔法式で穢れ、侵食されている。

情報は欲しいけれど……何処で止めるか。

「龍をも殺す。その意味が理解出来るかい？　偉大なる力を賜った僕へ更なる力を与える存在が――今日っ‼　この場に誕生するのさっ！！！！　数百年の長きに亘り、人の世を憂えてこられた、賢者様の御考えに間違いはないんだっ」

使徒首座は見た目通りの年齢をしていないらしい。

……同時に今の言動から推測すると。

アーサーが愕然とし、身体を戦慄かせた。

「建国戦争時に、当時のアディソン侯や我が曽祖父を唆し、ロートリンゲン家に代々伝わってきた双剣と『儀式場』を用いて、【氷龍】を創り出させるよう仕向けたのも……」

「今日っ！　この瞬間の為だよっ‼　英傑を数多喰った化け物なら魔力は十分。君達によって倒された者達や、無理矢理の解呪で死んでいった父上達も足しにはなる」

妙に軽薄な口調でクーメは応じ、巻物を最後まで引き出した。

中空と床で組み上がっていた精緻な魔法陣が停止し、その間に分裂。龍の首と獣人達の死体に、『鎖の巻き付いた氷剣』が降り注ぎ、一気に『儀式場』へ呑み込まれていく。

薄蒼髪の公女殿下が厳しい顔で断ずる。

「自分の親族や一族、仲間達を犠牲にしてまで……貴方達は狂っていますっ！」

「狂っているのは世界の方ですよ、ティナ・ハワード公女殿下。人族は神代前から、獣人族を虐げ続けてきた。『北方を起源に持つ故』などという訳の分からぬ理由でね」

クーメを視認して以降、アトラと、右手の腕輪と指輪の力を借りて、魔法陣の解析を試みているのだけれど……時間が足りない。このままでは。

金髪の英雄様へ右手の指で合図を出す。

今や全身を赤黒く染めた使徒候補が叫んだ。

「貴女なら理解出来る筈だ。『ハワードの忌み子』と呼ばれ、蔑まれてきた貴女ならば。自分の目の前に使える圧倒的な力があるっ！　手を伸ばさずにいられると？」

「……っ」

薄蒼髪と白リボンを逆立たせたティナを僕が止めるのと同時に、

「ティナ、聴く必要はありません！　**アーサー!!**」「**せいっ！！！！！**」

双剣から光刃が迸った。

必殺の十字斬撃は狙い違わずクーメを捉え――突如、少年の胸から顕現した八片の『黒花』の前に砕け散った。

「「っ!?」」

「この結界は時限式だけれど、使徒次席の『黒花』様が張られたもの。幾ら『天剣』であってもそう簡単には突破なんか出来やしない。そこで指を咥えて見ていなよ」

「くそっ！」

アーサーが危険を顧みず、真っ先に『儀式場』へ突入。僕も後へと続く。

赤黒い氷刃が奔流となって襲い掛かってくる。

「ティナっ！」「はいっ！」

少女は『氷雪狼』を全力発動！

氷刃を凍結させ、字義通りの血路を作り出す。

「オオオオオオ！！！！！」「これでっ！！！！！」

獅子吼し、一気にアーサーと僕も間合いを詰める。

『黒花』の結界と謂えど、至近距離でなら——

「っ！」

突如、アーサーと僕は強制的に頭上へ転移させられた。黒い花片が散る。

ここで搦め手かっ！

咄嗟に僕は右手を振るい腕輪の力を借り、アーサーを貫かんとした氷刃を小さな黒匣で消し、『天風飛跳』で空中を蹴った。

ティナの氷狼も結界に阻まれ『儀式場』中央には届いていない。

——まずいっ！

僕とクーメの視線が合った。

「フフ……この地で斃れた英雄達の中でも、遥か極東の地で勇名を轟かせ、単騎で十万の敵すらも破った【大剣豪】と、今は亡き南方大陸を統べし皇帝にして、二剣二槍を操ったという【大勇士】。楽しみだよ。君達がどう殺されるのか、特等席で観察——あれ？」

「ぬっ！　アレンっ‼」「ええっ！」

異変に気付いたアーサーと共に一時的に後退する。

結界と氷狼が相打つ形で砕け、順調に組み上がっていた魔法式が光を喪っていく。

……魔力不足、か？

唖然として立ち竦み、手に持つ巻物へ目を落としたクーメが絶叫する。

**「ど、どうして……何で発動しないいんだよっ⁉」**

「当たり前だろう。魔法自体が異なるのだから」

最奥に位置する石柱の陰が揺らぎ、白い影が地を疾駆。

「……え？」「**クーメっ、後ろだっ！！！！**」

鼠族の少年の呆けた声に、僕の叫びが重なり——鈍い音が耳朶を打った。

二つの影が『儀式場』の中央で重なる。

「っ！」「……ここでかっ」

ティナが悲鳴を押し殺し、アーサーは吐き捨てた。

魔剣『北星』に貫かれたクーメの腹から鮮血が溢れ出し、魔法陣へと吸い込まれる。

力を喪いつつあった魔法式が上書きされ、新しい魔法が組み上がり始める。

闇に包まれていた『儀式場』の奥が少しずつ露わになっていく。

『黒扉』が見えた。

突き刺さった魔剣を呆然と見つめ、クーメが襲撃者に尋ねる。

「マ、イルズ殿？　……ガフッ」「黙れ、汚らわしい鼠よ」

剣身が更に食い込み、少年は泣きながら吐血した。

フード付き純白ローブ姿の襲撃者――『天地党』党首にしてアディソン侯の血の繋がらない弟、マイルズ・タリトーが淡々と説明する。

「お前は私に、巻物を嬉々として見せてくれたではないか。ヴィオラ殿、レヴィ殿、レニエ殿と私――栄えある使徒イズが上書きしたのだ」

「そ、んな……」

必死に傷口を再生しようとするも、大魔法の暴走を食い止めるのが精一杯なクーメが襲撃者の両肩に指を喰い込ませる。

自らの息子を生き返らせてもらう為、聖霊教へ国を売った新使徒が冷たく侮蔑する。

「聖女様はレニエ殿へこう伝えられた――『イライオスが私達の大願の為だけに、大魔法の力を使ってくれると良いのですが……』と。結果、お前はただ力に溺れようとしたっ！上書きされた魔法にも気付かなかったっ‼故に――お前の仕事は今っ！此処でっ‼殉教することでのみ達成される‼大魔法の『保管庫』は私の娘イゾルデが引き継ごう。短い間だが真に御苦労だった、同族殺しをした唾棄すべき鼠よ。……早く死ね。私の愛息、アルフが蘇るまでの時間がその分延びてしまうだろう？」

「そ、んな……わ、私は……ぼ、僕は…………」

魔剣を引き抜かれ、少年はその場に両手をつくことも出来ずに崩れ落ちた。

マイルズは大きく跳躍し『儀式場』を出て、距離を取る。

「クーメ！」「アレン、無理だっ！」

駆け寄ろうとした僕の左腕をアーサーが握り、頭を振った。

泣きじゃくる少年の絶叫が轟く。

**「い、嫌だ、嫌だっ！　嫌だっ‼　嫌だっ‼　嫌だぁぁぁ！！！！　死にたく、ない、死にたくない、死にたくないっ！　ぼ、僕は聖女様に選ばれたんだっ。凄いんだっ。使徒**

になるんだっ！！！！　こ、こんな、ところで。……あっ」

眼前の『儀式場』内で魔法式が明滅。集束を開始。

突然、星無き漆黒を思わせる茨が噴出した。

こ、これは……王都の教会でステラが『八翼の悪魔』へ堕ちそうになった時に現れたものと同じ？

黒茨は渦を巻き、クーメを容赦なく引き摺り込み、
微かに……ほんの微かに…………『黒扉』の開く音がした。

「きゃっ」「ティナ、僕に掴まってくださいっ！」

地下空間内を血腥い黒茨が這いずり、凶風が公女殿下を吹き飛ばしそうになった。

僕は手を伸ばし、耐風、耐氷結界を多重発動させながら少女を抱きかかえ、退避する。

その間にも黒茨が『儀式場』を覆いつくす。

双剣を構え、アーサーが頭上に獅子吼した。

**「マイルズ・タリトーっ！！！！」**

「『天剣』アーサー・ロートリンゲン――ララノアの英雄にして守護神よ。お前には私と

て、敬意を持っていた。そこに嘘偽りはない」
天井に張り付き、手に転移魔法の呪符と黒の小箱を持った、マイルズが独白する。
目を閉じ──
「**だが、お前も死ね。死んで、私の息子の『贄』となれっ！！！！**」
決別の言葉を叩きつけるや、転移して消えた。
零れ落ちた小箱が途中で開き、黒薔薇の髪飾りが渦を巻く黒茨に呑み込まれる。
魔力が勢いを増し──唐突に終息した。
微小な黒い氷片交じりの霧が立ち込める。
「お、終わったんですか？」「………」
薄蒼髪の公女殿下は僕に抱き着いたまま零し、アーサーは目を細めた。
天井、石壁、地面に突き刺さる武器が黒茨に覆われている。
「……ティナ、離しますよ」「は、はい」
僕は抱きかかえていた少女を解放し、ゆっくりと立ちあがった。
魔杖を横に薙ぎ、風属性中級魔法『風神波』を広域発動。
黒い氷片交じりの霧が晴れていく。
ティナが息を呑んだ。

「おんなの、こ？」

黒茨に覆われた『儀式場』の奥に佇んでいたのは、神々しいまでに美しく彫像のような少女だった。

瞳は白く、肩に届くか届かない程度の黒蒼髪に黒薔薇の髪飾り。

身に着けているのは剣士服なのに胸甲どころか、一切の装甲を身に着けていない。

年齢はティナよりも上だろうか。

『黒扉』前に突き刺さり、黒茨に覆われていないボロボロな剣と杖に触れる手は幼子のようだ。鋭い風が吹く。

「侮るな――あれなるは人の執念が生み出した【偽神】ぞ」

一切の魔力と気配すらなく、長い白銀髪で先端に蒼と漆黒のリボンを結んだ少女――魔王リルが、前方の瓦礫の上へと降り立つ。

エルフ族の民族衣装が雪風で靡き、足下で白猫のキフネさんが鳴いた。

「「なっ⁉」」

ティナとアーサーが驚き僕を見てくるも、肩を竦めるしかない。

白猫を撫で、白銀髪の少女が続ける。

「哀れな龍を『儀式場』へ捧げ、『英雄創造』を成す。本来あり得ぬ外法だと言えよう。が……それすら欺瞞だったかっ。よもや、複数の大魔法を喰わせた、新たな『贄』を捧げることで強引に上書きしようとは」

「！　こ、これは……」「先生っ！」「アレンっ！」

偽神が突き刺さった剣と杖に触れるや、膨大な黒い魔力が噴出した。

この底知れない魔力……【氷龍】どころか『黒竜』をも超えているっ！

長い白銀髪を手で押さえ、リルは悲し気に頭を振った。

「……星を救いし【雷姫】の残した光龍の剣と、世界を憂えた『月神』の杖。やはり、この地にあったか。あ奴自身は【蒼薔薇】の髪飾りを依り代に、『黒扉』の力を悪用し創り出された神亡き時代の神ぞっ。身体が馴染む前に斃さねばならぬ。努侮るなっ！」

「「「！？！！！」」」

驚愕する僕達の目の前で、黒蒼髪の少女はボロボロな剣と長杖を一気に引き抜いた。

黒茨が剣と杖に纏わりつき――剣はアリスに。杖はティナのそれに酷く似通る。

かつてない難敵だっ。

僕は平静を装って、瓦礫の上の魔王様を揶揄した。

「やぁ、リル。随分と遅い登場だね」

＊

思わぬ少女の登場にティナが前髪を立て、字義通りその場で跳び上がった。

「リ、リルさんっ⁉ ど、どうして、此処に！」

動かない偽神を見下ろしながら、魔王様は眉を顰めた。

白猫のキフネさんも、不満そうに一鳴き。

「んぬ？ アレン、話しておらぬのか⁇」

「……話せないよ」

苦笑しながらも、僕は黒く冷たい茨に覆われる黒蒼髪の少女から目を外さない。

先程までボロボロだった服が変容し、【双天】リナリア・エーテルハートが着ていた軍装に酷似する格好へと姿を変えていく。

――ただ、その色は髪と同じ禍々しい黒蒼。

アーサーの膨大な魔力が名剣『篝月』『狐月』に注がれ、眩い光が地下空間を覆う。

「私も仔細を聞きたいっ！　随分と可愛らしい姿形をしていたものだな、魔王陛下？」

「！？！！　ま、まおうって……あの、魔王ですか？　え？　ええっ！？！！」

ティナは目をこれ以上ない程に丸くし、リルと僕とを交互に見やり白黒させた。

『魔王』と言えば、王国の人族にとって最大脅威の象徴。

二百年に亘って、西方の血河で睨み合いを続けてきた敵の総大将なのだ。

「良いぞ、ロートリンゲンの末。そう難しい話でもないしの。――が」

アーサーの要求に対し、リルはこともなげに応じ、右手を目の前に差し出した。

風が渦を巻き、古い魔長銃が顕現する。

銃口の先にいるのは――黒茨蠢く『儀式場』の中央に立つ軍装姿の偽神。

「今はあ奴を止めるのが先だ。来るぞ――小僧共っ！」

直後、少女の姿が消え――悲鳴じみた金属音が地下空間内に大反響し、衝撃波で壁や地面に罅が走っていく。

偽神の斬撃をアーサーが双剣で受け止めたのだ。

「何者であろうと、簡単に負けるつもりなどないっ！　お帰り願おうっ‼」

裂帛の気合と共に、英雄の魔力が膨れ上がる。

光が黒茨を駆逐し浄化、圧していく。

『…………』

右手の剣越しで偽神が微かに表情を変え、左手の杖を掲げた。

背筋に特大の寒気が走り、僕達は同時に叫んだ。

「！　アーサーっ！！！！」「アーサーさんっ！」

**「小僧、退けっ！」「ぬっ！」**

地面から植物魔法を瞬間発動させ、後方へ跳んだララノアの守護神の身体に蔦を巻き付かせ、強引に引き寄せる。

ティナも援護の為、氷属性上級魔法『閃迅氷槍』を多重発動！

超高速の氷槍が偽神を囲む。

対して——偽神は左手の杖を無造作に振り下ろした。

「「っ!?」」

僕達が驚愕する中、細い絃の如き黒茨は空間を制圧し、全ての氷槍を両断。アーサーへ襲い掛かる。

回避はとてもじゃないが不可能だ。間に合わないっ！

「死ぬには早いの」

リルが魔長銃を撃ち、キフネさんの鳴く声が聴こえた。

アーサーを切り刻まんとした黒茨に無数の光閃が炸裂し、過半を消失させる。

「ぐっ………」

それでも、僕達の後方へと退避した英雄は無傷といかず、壁に背をつけるや片膝を落とし、目を瞑った。

額に脂汗が滲み、純白の鎧が血に染まっていく。

僕は治癒魔法を多重発動するも、弾かれる。

——『十日熱病』に似た呪詛!?

即座に浄化魔法『清浄雪光』へ切り替えると、アーサーの荒い息がやや穏やかになった。キフネさんが近くで治癒を補助してくれているが……戦線復帰は困難だろう。

『——』

ほぼ一撃でラランノアの守護神を戦闘不能へ追いやった偽神が、剣と魔杖を交差した。

地面に突き刺さった武器へ黒茨が巻き付いていく。

「それ以上はさせぬっ」

リルが頭上に魔長銃を放ち、キフネさんが大きく鳴いた。

空間に星図が生まれ、光弾が降り注ぎ、突き刺さっていた武器を砕いていく。

――やがて、魔法の発動が止まった。

瓦礫から飛び降りた白銀髪の少女が魔銃を肩に乗せ、苦々しく吐き捨てる。

『贄』は足らず、完全顕現にも程遠い。英雄の内二柱以外はどうにか防げた。しかし
……この身では倒しきれぬな。このような方法があるとは、やってくれるっ！」

「リル……」「リルさん、説明して下さい。あの子はいったい⁉」

土埃(つちぼこり)と氷塵(ひょうじん)の中で動く影へ魔王が目を細めた。

左手で美しい白銀髪を搔(か)き揚(あ)げ、哀(かな)し気に教えてくれる。

「あ奴の素となった者の名はタチアナ――【蒼薔薇】タチアナ・ウェインライト」

この名前と称号……まさか。

二本の黒茨が渦を巻き、集束していく。

「星を救いし最後の【大英雄】にして、姓の通りウェインライト王家の祖ぞ。王国北方の地にある『不倒の丘』はその武勲を讃(たた)え名づけられ、たっ！」

再びリルは嵐の如き魔弾を偽神へと放つも、黒紅髪の少女二人に防がれる。

ティナは愕然とし、リルが顔を顰めた。

「また、女の子が二人……？」「神代を生きた英雄の影――【亡影】か」

土煙と氷塵の中から、偽神が姿を現した。

両脇に立つ黒紅髪の少女達の手には、黒茨が絡みついた長刀と長槍が握られている。

あの武器が召喚の媒介か。リルが防いでくれなかったら詰んでいたな。

魔杖『銀華』を握り締め直し、分析する。

「『故骨亡夢』の元となった魔法でしょう。次元は異なるようですが」

「純粋な上位互換ぞ。名は戦術殲滅魔法【亡影招来】という。媒介は、今は亡き極東『秋津洲皇国』の短刀と南方『ルーミリア帝国』の短槍。そう簡単には消えぬ。が――」

少女はニヤリと笑い片目を瞑る。

「戦況総悲観、というわけでもない」

「「え？」」

僕とティナが反応するより早く、短い黒紅髪の少女達が動き――炎剣と聖剣によって、左右の壁へ叩きつけられた。

次いで炎羽、光片が偽神へ向けて放たれ、黒茨を撒き散らす。

「まったく」「アレン、またなのっ⁉」

「リディヤさん、シェリル様！」

僕達の前へ布陣した公女殿下と王女殿下に、ティナが心底安堵した表情を見せた。

二人共、多少服に汚れこそあるものの怪我はないようだ。

右手に炎剣『真朱』を、左手に魔剣『篝狐』を持つリディヤが教えてくれる。

「レニエと下位使徒達は退いたわ。カレンとステラは無事よ。記念府の外で、ヴィオラ達と戦っている狐族の老人があんたの言っていた師匠ね？　敵の増援はないわ」

「うん。ありがとう」

白狼のシフォンが妹達の護衛についてくれているのだろう。……ゼルも退いたか。

増援無し、ということは師匠とリリーさん、リドリーさんも奮戦してくれている。

「……酷いわね」

壁に背を預け荒く息を吐いていたアーサーへ、シェリルが光属性上級魔法『光帝治癒』『光帝呪解』を多重発動。

神々しい光を一瞥し、リディヤは傲岸不遜に魔王へ要求した。

「そっちの子がリルね？　対策案を寄越しなさい。端的に！」

流石は世界で唯一の僕の相方。

一目で誰が情報を持っているかに気付いたようだ。

「え？　どうしてその子に？？　と言うか、誰？？？」

シェリルは戸惑っているけれど……。

大きな目を瞬かせ、リルが左手で白銀髪を弄った。

「紅髪に炎剣……当代の『剣姫』か。アレンの相方とは苦労しておるようだの！」

「そうでもないわ。慣れよ、慣れ。対価は利子付で絶対、何あっても払わせるし」

「クックックッ。そうか、そうか」

「……リル？　リディヤ？？」

どちらかというと、僕が苦労をかけられている方だと思うんだけどっ。

黒紅の軍装姿となった亡影達が瓦礫の中から、剣と魔杖を持つ偽神がリディヤ達の炎と光を消し飛ばしつつ姿を現す。効いていない。

時間を稼ぐべく、僕は光属性上級魔法『光帝縛鎖』を多重発動。

黒紅髪の少女達を包囲し、光鎖が殺到する。

それを確認したリルが前へと進み出た。

「今の私と汝等では彼奴等を倒し切れぬ。だが――」

僕の前で立ち止まり。心臓へ小さな手を押し付ける。

「アレン達ならば『黒扉』とあ奴の繋がりを断ち、かつ閉めることは出来よう！　なに、そう難しい話ではない。要は偽神を全力でぶっ飛ばせば良いのだっ‼」

心中のアトラが『♪』楽しそうに歌い、リディヤとティナの右手の甲にも『炎鱗』と『氷鶴』の紋章が色濃く浮き上がってくる。

――覚悟を決めるしかなさそうだ。

紅髪の公女殿下は僕をちらりと見た後、傲岸不遜にティナ達へ言い放つ。

「なら話は簡単ね。さ、何時ものように指示を出しなさい。そこで震えている小っちゃいのと、状況についていけてない王女殿下はいらないけど」

「なっ⁉　ふ、震えてなんかいませんっ！　こ、これは……武者震いですっ‼」

「リディヤっ⁉　こ、ここで裏切る気っ⁉」

決戦場だというのに普段通りのやり取り。

リルは心底愉快そうに、片目を瞑った。

不思議だ。負ける気がしないっ！

僕は自然と笑みを零し――

『…………』

全ての光鎖が黒茨に絡みつかれ、引き千切られた。

無表情ながら美しい黒蒼髪の少女は僕だけを見ている。

戦慄を覚えるも、魔杖『銀華』で空中に弧を描き、みんなに指示を出す。

「僕とティナ、リディヤで魔法を組みます！　リルは【亡影】を‼」

「任せよ。高いがなっ！」

魔王陛下は即座に魔長銃を放ち——数十、数百、数千に分かれた魔弾が、黒蒼髪の少女達へ降り注ぐ。どういう原理なのかはさっぱり分からないものの、心強い。

そんな中、偽神は『儀式場』の中央から動かず、ゆっくりと剣を掲げ——

『！』「……不完全だが【楯】も使いおるか」

ぼんやりとした五片の花弁を持つ【黒薔薇】を出現させて、魔弾の嵐を防いだ。

『黒扉』を守っているのか？　リルの【楯】という言葉も気になるけど、今はっ。

思考を中断し、指示を続ける。

「本体の足止めは——」「当然！　私よね？　アレン‼」

長く美しい金髪を輝かせ、シェリルが颯爽と前へと進み出た。

そこにあるのは絶対の自信。

前方ではリルが、遮二無二に接近してきた長刀持ちを掌底で吹き飛ばし、長槍持ちにぶつけ、巨大な魔弾を放った。

その間、偽神本体も魔弾の嵐で牽制している。とんでもない力量だ。

「「…………」」

リディヤとティナからの無言の圧を感じつつ、僕は同期生へ答えた。

「うん。シェリル以外には任せられない。頼める……かな？」

ピクリ、と王女殿下の肩が微かに震えた。背を向けたまま、拗ねた声。

「……バカ」

シェリルの持つ花を模した魔杖の宝珠が眩い閃光を解き放つ！

『!?』

今日初めて、偽神の表情に微かな驚きが生まれた。

――『儀式場』を数えきれない光花が取り囲んでいる。

聖剣に光を纏わせ、シェリルは肩越しに僕へ片目を瞑った。

「初めて会った王立学校のあの日から――シェリル・ウェインライトは狼族のアレンの願いは絶対に叶えると決めているのよ？　倒しちゃっても文句を言わないでねっ‼」

光風と共に間合いを詰めたシェリルが、聖剣を偽神へ振り下ろす！

黒蒼髪の少女は無造作に剣で受け、左手の魔杖から黒茨の絃で迎撃するも、

「甘いわねっ！」

空間内に展開していたシェリルの光花が全てを予知していたかのように切断。

続けざまに光属性上級魔法『光帝閃槍』を至近距離から猛射し、【黒薔薇】で直撃を完全に防がれつつも、少女へ後退を強いる。

聖剣と光杖を手に、まるで光花を身体に纏うかのように戦うこの姿こそ——シェリル・ウェインライトの本領！

僕が『光姫』と名付けた所以だ。

『…………』「させないわっ！」

反撃に転じようと魔杖を薙ごうとした偽神より早く、シェリルは特大の光弾を放ち、自らも果敢な接近戦を挑む。

「！　ど、どうして、相手の行動が分かって？」

「原理は『魔力感知』と一緒よ」

驚いたティナの呟きに、リディヤがやや呆れた口調で応じた。

今のシェリルは空間内にある全ての光片を神がかり的な技量で制御し、偽神の動きを、微小な魔力の流れで先読みしているのだ。

……水色屋根のカフェで何気なく僕が考案したことを、実現するんだもんなぁ。

神亡き時代の神と、単騎で渡り合う同期生の整った横顔を見やると、学生時代の懐かしい思い出が脳裏を過った。

「ティナ」

「は、はいっ！」

右手の腕輪と指輪に触れ、僕は薄蒼髪の少女を呼んだ。

紡いでいた魔法式を展開させ――乞う。

「僕一人の力では『黒扉』へ到底辿り着けません。力を貸してください」

「どうぞっ！」「おっと」

「――……む」

いきなりティナが僕に力いっぱい抱き着いてきた。リディヤが片眉を動かす。

――魔力の繋がりが一気に深まる。

背に氷の四翼を生み出しながらティナは頬を染め、僕の目をしっかりと見る。

「そんなの当たり前ですっ！　もっと、もっと、もっと‼　私を頼ってくださいっ‼　私は何時だって、何時だって、貴方の隣に──きゃっ」

「はい、もう交代よ」

地面に炎剣と魔剣を突き刺したリディヤが少女を抱え込み、放り投げた。

『……ム』

ティナの内にいる『氷鶴』が不満そうに唸る。

「リ、リディヤさんっ、は、早いですっ！　今は私の番ですっ‼」

「ふんっ」

いきり立つ公女殿下を冷たく一瞥し、紅髪の少女は僕の鼻先に人差し指を突き付けた。

後方で繰り広げられている激戦を無視し、唇を尖らす。

「……少し目を離すとすぐこれなんだから。左手！」

「へっ？」

「は・や・く！」

「う、うん……」

余りの剣幕に押され左手を差し出すと、指を絡めてきた。

シェリルが数百発の光属性上級魔法『光神大球』を発動させ、【黒薔薇】ごと空中の黒蒼髪の少女を天井へ押し付け炸裂！　天井の一部が崩落する。

暴風が紅髪を靡かせるも、リディヤは微動だにせず。

「…………」

「？　リディヤ、どうかした――」

最後まで尋ねることは出来なかった。

紅髪の公女殿下が僕の左手薬指に唇を落としたからだ。

一瞬、自分が何をされたか理解出来ず――

「っ⁉」「なぁ⁉　なぁぁぁっ！」「おお～」『♪』『リディヤのかち～☆』

思考が追いついてきて赤面する。

ティナが叫び、亡影二柱相手に魔銃で接近戦中のリルも愉しそうに歓声をあげた。アトラとリアもはしゃいでいる。

動揺が収まらないまま――魔力を深く繋げる。

悪戯っ子の顔になったリディヤが距離を詰めてきた。

「あら？　あらあら？？　どうしたのかしら？？？　そんなに赤くなって。唇にしてあげた方が良かった？」

「ぐっ……」

顔を隠そうとするも防がれ、細い手が僕の頭を優しく撫でた。

心底幸せそうな少女の微笑み。

「フフ♪　私の勝ちね」

ダメだ。昔から——いや出会った時からそうだった。

僕がこの子に勝った試しはないのだ。

「はぁ……本当に、リディヤ・リンスター公女殿下はっ！」

「馬鹿ね？　これ位じゃないと——」

瞳に絶対の自信を漲らせ『剣姫』は地面に突き刺さる炎剣と魔剣の柄に手をかけ、

「世界を敵に回した時、あんたの隣に立っていられないでしょうっ！」

一気に引き抜いた！

背に八翼の白炎羽が顕現し、内のリアの魔力も加わって紅髪が浮かび上がる。

感じ取れるのは圧倒的なまでの歓喜と純粋な想い。

ティナはリディヤへの畏敬、そして強い強い悔しさと僕への不満。下手するとステラに

まで伝わっているかもな。

　現実逃避を終え、魔弾を速射し亡影達から距離を取った魔王陛下の名を呼ぶ。

「リル？」「良いぞっ！」

　接近戦と魔法戦を超高速で切り替えながら、シェリルは激戦を繰り広げている。

しかし——多少服を汚すも偽神は【黒薔薇】で守られ無傷だ。

どうにかして彼女を突破し、『黒扉』に辿り着かないと……。

　僕は頷き、最後の指示を出そうとし——心中でアトラとリアが訴えてきた。

『アレン！』『私達と同じにして！』

　？——……そうか！

　僕が気付くのと同時に、リボンを魔杖に結びつけ、ティナも右手の甲を見せてきた。

「先生、この子にも名前をっ！」

　紋章も瞬き、『氷鶴』が強く促してくる。

　幼い頃、母の膝上で教えて貰った言葉を思い出す。

『名前をつけるのはとっても大変なのよ。でも——決める時がくれば自然と浮かんでくるわ。貴方の名前を決める時もそうだったもの』

　ティナの紋章に触れ、

「――『レナ』――」

「「「！？！！」」」「わっ！」「アレン!?」「……もぉ」「ほぉ、やりおるな」

蒼(あお)の雪風が黒茨を悉(ことごと)く凍結させた。

距離を取ったシェリルが驚き、ティナも魔杖を手に目を瞬(しばた)かせる。

リディヤは僕へジト目を向け、リルはニヤリ。

『『♪』』『……良しとする』

アトラ、リアと異なり、『氷鶴』はちょっと素直じゃないらしい。

黒蒼髪の偽神が目を細め、僕と視線を交錯させた。

そこに表れたのは強い警戒。

『…………』

新たな黒茨が勢いを増し、雪風と共に二柱の幻影も動き出す。

僕は両足へ三属性魔法『氷雷疾駆(ひょうらいしっく)』を発動。突撃を開始した。

目標は【偽神】――そして『黒扉』！

「斬るわっ！！！！！」「援護しますっ！！！！！」

白炎の八翼を羽ばたかせ僕に追随する相方と、空中に浮かび上がった蒼氷の四翼を持つ公女殿下も呼応する。

黒茨を魔杖に形成した雷刃で斬り裂き、叫ぶ。

「シェリルっ！　リルっ！」

「任せて、アレンっ！」「真っすぐ駆けよっ！　狼の子よっ‼」

シェリルが僕達と並走しながら光属性上級魔法『光芒瞬閃』を多重発動させ、魔王陛下も右手を古めかしい木製の銃身に滑らせ、射撃を再開した。

光の流星雨と、大魔法『絶風』の力を加えられた魔弾が偽神と亡影へ降り注ぐ。

威力は言うまでもなく凶悪そのもの。進撃を遮ろうとする黒茨を貫き、粉砕する。

けれど――その中を突き進む僕達は焦燥感を覚えていた。

シェリルが魔法を発動させ続けながら、畏怖を口にした。

「この子達、さっきよりも動きがっ⁉」

『『……………』』

亡影達が縦横無尽に長刀と長槍を振るい、次々と光閃を消失させる。

まるで演舞──力が増しているのだ。

本体の完全顕現を許してしてしまえば、もう僕達じゃ倒せない。

「**先生、リディヤさん、シェリルさん、先へっ！**」

巨大な蒼の『氷雪狼』が、黒紅髪の少女達に跳びかかり、斬撃や突きを無視して押さえつけた。周囲一帯が氷原と化す。

肩越しに見ると、ティナが持つ魔杖の宝珠はあの時──北都ハワード公爵家屋敷の温室で、彼女が初めて魔法を使った時と同じように清冽な光を放っている。

『氷鶴』は随分と張り切っているらしく、二発目の氷狼も現れ始めた。

僕は右隣を駆ける金髪の王女殿下へ手を伸ばす。

「シェリル、これを！」

「？　ア、アレン……この魔法って⁉」

氷を突き破る黒茨をリディヤが斬り捨てた。

偽神がリルの魔弾を【黒薔薇】で防ぐのを視認し、凍結した瓦礫を跳び越す。

「君なら使えるっ！」

「……アレン……ええ！　ええっ‼　任せてっ‼」

一気にシェリルが速度を増し、僕とリディヤの前へ出た。

光花が禍々（まがまが）しい魔力を浄化。黒茨を二つに割り、道を開いていく。

黒蒼髪の少女はもう指呼の間だ。

——しかし。

『…………』「「「っ⁉」」」


黒茨が剝がれ始めた剣を振るうや、偽神は魔弾の嵐を消滅させた。

左手の長杖を高く掲げると、漆黒の宝珠が生きているかのようにギョロリと回転する。

アレは——まずいっ。


**「お願いっ！　私に力を貸してっ——レナっ！！！！」「見せ場かのっ！！！！」**

ティナとリルの声が耳朶（じだ）を強打し、雪風に強く背中を押された。

先程よりも力を更に増した二頭目の『氷雪狼』が偽神へ襲い掛かり、『儀式場』そのものを凍（い）てつかせる。

更には、目で追いきれぬ【剣】が偽神を包囲し一斉に襲い掛かった。

リルの魔弾が形状を変えた⁉

『…………』

黒蒼髪の少女は瞬時に魔杖を振り、【黒薔薇】を分裂させ布陣させる。

恐るべき氷狼が、無数の閃剣が、魔力の余波と共に打ち砕かれていく。

けど――本体の守りはその分薄くなった。好機だっ！

「アレンが私の隣にいて」

急上昇して、凍結した天井へ足をつけ――リディヤは一気に急降下！

二羽の『火焔鳥』を顕現させるや、炎剣と魔剣へ吸収させ――リンスター公爵家の秘伝『紅剣』を双剣発動させた。

絶対的な確信を告白し、全力斬り！

**「私に斬れないものなんてこの世界にあるわけないでしょうっ！！！！」**

『……ッ』

薄くなっていたとはいえ、【黒薔薇】が初めて両断され、白炎が偽神を掠めた。

少女は微かに感情を露わにし、今日初めて後方へと跳ぶ。

「逃がさないわっ」

金髪を煌めかせ、王女殿下が一気に距離を詰めた。

光杖『月白』が魔法を至近距離で解放する。

「！　先生がさっきシェリルさんに渡したのは⁉」「ほんと、甘いんだから……」

ティナが驚き、リディヤは愚痴を呟く。


白光と共に——巨大な光属性極致魔法『光神鹿』が発動！

もう少しで届くっ！

杖を突き出した偽神と真正面からぶつかり、禍々しい黒蒼の魔力を浄化していく。

「**まだまだぁぁぁっ！！！！**」

その隙にシェリルは黒蒼の少女へと突っ込んだ。

聖剣へ二発目の『光神鹿』が吸い込まれ、神聖さを帯び輝く。

「えっ⁉」「ほぉ」「……腹黒王女はこれだからっ！」

ティナとリルが驚きを示し、リディヤは復活しようとしていた『儀式場』内の黒茨を炎剣で焼き払い、苦々し気に零した。

**「せいっ！！！！」**

シェリルは喪われて久しいアディソン侯爵家の秘伝『光剣』を、全力で偽神の杖に振り下ろし――激しき衝撃と魔力の余波で地下空間内を震わせながら、宙を舞った。

黒蒼髪の少女は剣でなおも対応しようとするも、

『――……ッ』

直後大きく弾かれ、体勢を崩した。地面に折れた剣身が突き刺さる。

アーサーの『篝月』⁉

**「隙は作ったぞっ！　シェリル王女っ‼」**

**「ありがとう！　ロートリンゲンの皇子っ‼　せーのっ‼!」**

光姫は聖剣と光杖に全魔力を注ぎ込み、偽神へ大上段から叩きつけた。

瞬間展開された【黒薔薇】の楯と激突し、白と黒蒼の魔力が激しくぶつかり合う。

ここまでやっても、完全に突破出来ないかっ。

**「手がかかるわねっ！」「私だってでっ！」**

リディヤがシェリルの傍らで双剣を振るい、ティナも『氷雪狼』で手助けする。

少しずつ、少しずつ楯に罅が走っていく。

引き金の音がやけにはっきりと聴こえ――渦巻く黒翠光が『儀式場』内を走った。

弱まっていた【黒薔薇】が貫かれ、偽神が『黒扉』まで吹き飛ばされる。

ティナ、リディヤ、シェリル、リル、アーサーが僕の名を叫んだ。

「「「「「アレンっ！！！！！」」」」」

みんなの作ってくれた絶好にして、最後の機会――逃すわけにはいかないっ！

魔杖『銀華』を突き出し、僕は黒蒼髪の偽神へ、『雷狐』『炎麟』『氷鶴』の力を借り新たな大魔法を発動させる。


「――【神雷】――」


紅、紫、蒼が混ざり合い、視界は白に包まれ、全てを押し潰していく。

不思議と痛みはない。慣れてきたのかもしれない。

『――――』

光の中、黒薔薇の髪飾りを着けた少女が微笑んだ。

偽神の気配が急速に弱まり、未知の魔法式が空間内に展開し始める。

こ、これは⁉

『アレン♪』『平気っ！』『…………』

アトラ達が僕の両手と裾を掴み――『黒扉』が閉まるのが分かった。


次の瞬間、僕は様々な種類の花々が咲き誇る庭に立っていた。

空からは穏やかな陽の光。風が髪をくすぐる。

「！　♪」

左右の手に抱き着いていた、白服の幼女達が獣耳と尻尾を嬉しそうに動かしながら、前方へと駆けて行き、薄蒼髪の美女に抱き着いた。

――水都の侯王を愛し、今でも愛し続けている大精霊『海鰐』だ。

美女と幼女達の傍には、王都や東都程ではないものの大樹が聳えている。

右手の腕輪と指輪を確認すると、数度明滅した。

そうか、ここは僕が何度か訪れて来た大精霊達の本来住まう世界。

「…………」

黙ったまま僕の左足から離れない、白鳥羽交じりの長い蒼髪で白服姿の幼女――『氷鶴』のレナを確認し、古い木製椅子に座った、小さな眼鏡が特徴的な老人に向き直る。服は黒を基調とした魔法衣。机には、黒鞘に納められた偽神の剣が置かれている。

老人は僕に気付き顔をあげた。とても柔和な表情だ。

「やぁ、来ましたね。ああ、偽神は消えたので心配は無用です」

「――……えっと、貴方は？」

「僕はロス・ハワード。君達が『ハワード公爵家』と呼ぶ者達の家祖です」

ハワードの家祖だって⁉　そんな人がどうして……。

目を細めた老人は机に皺だらけの手を置いた。

「いや……むしろ、世界八ヶ所に『儀式場』を造った者の一人、と言った方が良いかもしれません。死んだ際に『黒扉』へ魔法を仕込んでおいて良かったです。お陰でこうして、『律』を曲げて君と少しだけ話が出来る――古い友人とも」

「うむ」「！　リ、リル⁉」

何の気配もなく白銀髪の少女が現れ、同意を示す。

僕の右肩に白猫のキフネさんが登ると、蒼髪幼女の目つきが険しくなった。

魔銃を肩へ載せ、魔王陛下がロスを詰る。

「私も当時、主等(ぬしら)が裏で何をしていたかはよく知らぬ。が……大変だったのだぞ?」

「申し訳ない。『悪だとされるものは最初からそうだった訳じゃない。大半は後付けでそうなったんだよ』――生前、師に何度も言われていたのに、情けない話です」

冷たい風が吹いた。

小さな眼鏡を外し、ロスははしゃぐアトラ達を見つめる。

「神代が終わりを告げようとしていた頃の話です。僕の師は神亡(な)き世界を支える仕組みを考案され、逝(ゆ)かれました。世界樹の幼子達と『七竜(しちりゅう)』。人の世界を守る『八大公家』。そして――『意思持つ神杖』。仕組みは数百年に亘(わた)り上手(うま)くいっていました」

魔杖を持つ手が震えてくる。アーサーの言っていた故事は真実!

つまり――これから、僕が聞くのは世界の秘密。

ロスが黒鞘を指で叩いた。

「ただ、師の計画よりも世界樹の幼子達の成長が遅かった。そこで僕や【賢者】、当時の『勇者』に、ロートリンゲン帝国に仕えていたタチアナ、『聖女』といった面々で極秘裏に協議し――世界樹の幼子等を早く成長させる為(ため)、『儀式場』を造りました。姉弟子達……

特に【月神】には強く反対されましたが。ああ、妻の【氷獄】にも」

「怒られるぞ。『可愛(かわい)くない』と【氷姫】へ改名したのであろう?」

リルが普段と変わらぬ口調で軽口を挟む。そうか。ローザ様の異名はそこから。

老人が疲れたように肩をそよがした。

「計画は無様に破綻しました。当時の三大帝国が『儀式場』を用い、幼子達から魔力を集め出してしまったんです。……何が起こるのかを理解してもいなかったんでしょう、最終的には【偽神】顕現を防ぐ為、僕や多くの英雄達もこの地で命を喪いました」

アーサーの言っていた大陸動乱以前の大戦か。

そして、『儀式場』に残されていた武器は散った英雄達の遺物。

青髪の美女と花の環(わ)を作っているアトラとリアを、ロスが見つめた。

──そこにあるのは慈愛と悔恨。

庭の端々が白い光に包まれ、崩れていく。全てを聞く時間はなさそうだ。

老人は小さな眼鏡を掛け直し、目を瞑(つぶ)った。

「【黒扉】に意志はなく、善悪もありません。ただ──人が扱うには過ぎた力です。深淵(しんえん)を覗(のぞ)き見た妹弟子の【宝玉】も終生恐れていた。故に君のような存在が必要となる。扉を閉められる『鍵』が」

花輪を被り、アトラとリアが嬉しそうに此方へ駆けて来る。

青髪の美女は佇んだまま、僕へほんの少し頭を下げた。

かつて、世界を守っていた老魔法士が立ち上がり、机上の剣を手にする。

「禍根を残してしまった僕に言う資格はありませんが……どうかお願いです。あの子達が笑えるよう、『儀式場』を使う者を止め、全ての【黒扉】を閉じて下さい。僕の師や妹弟子は……神杖の子等が傷つけられる世界の為に命を賭したわけじゃないっ」

右手薬指の指輪が瞬いた。

分かっていますよ。『四英海』の底で約束しましたね。

蒼髪の幼女の頭に手を置き、頷く。

「了解です。約束もありますしね」

「──有難う。これを」

老人は黒鞘の剣を僕へ差し出してきた。素直に受け取る。

戻って来たアトラとリアが両手にしがみつき、レナも力を込めた。

光が僕達に迫ってくる。

「『フィールド』と『ハート』の姓を持つ家々はとても重要です」

ロス・ハワードの滔々とした声。

「中でも――【賢者】アッシュフィールドと【月魔】アッシュハート」


「!?」

心臓が鷲掴みにされる感覚を味わう。

こ、この姓……エルナー姫の言っていた!?

庭の情景が崩れていく中、ロスが言い切る。

「師と浅からぬ因縁を持つこれらの家々は世界の根幹を知っています。残っていれば、北方にあるシキの書庫にも資料はあるでしょう」

「……シキ」

確か、ユースティンから割譲された北方の僻地にその名が。

光の中、とても若い青年の声が魔王陛下を叱責する。

「最後に――××！　アレンに迷惑をかけないようにっ‼　僕の奥さんの名前を使うのも止めましょう。怒りますよ？」

発音を聴き取れなかったけれど……リルは【氷姫】の名前を借りていたのか？

白銀髪を指で弄り、魔王陛下が唇を尖らす。

「わ、分かっておるわ。死んでも口五月蝿い奴じゃのぉ……」

「文句なら貴女が大好きで大好きで仕方ない僕の師匠に言ってください、ルーミリアの女帝陛下。ああ、それとも懐かしき御大層な称号で――」

「ええぃっ！　黙れっ‼　とっとと消えて、『リル』の下へ逝かぬかっ!!!」

……最後の最後でとんでもない暴露をされた気が。

魔王がルーミリアの女帝だって⁉

アトラとリアが、蒼髪幼女の頭に載せられたままの手を羨ましそうに眺めている。

ロス・ハワードが手を軽く挙げた。

「アレン、君の行く末に黒狼の加護があらんことを。剣は好きにして下さい」

「私とキフネも戻るとしよう。アレン、今度は魔王府での。ああ、もう一つ」

右肩から重さが消えた。

白猫さんの鳴き声とリルの声が重なる。

「フゲンに少々依頼をした。情報が届き次第、私にも伝えよ。窓口は――」

「ゾルンホーへェン辺境伯だね。……でも、師匠とどういう関係なのさ？」

「赤子の頃、おしめを替えた」

――瞬時に『世界』が崩れ去った。

僕が触れていたのは蔦に覆われつつある『黒扉』。

傍にはボロボロな【月神】の魔杖とロートリンゲンの双剣が交差して突き刺さり――

天井を喪った地下空間に、花々が降り注ぐ。

遥か蒼穹を美しい『花竜』が飛翔している。

足には三人の幼女達が抱き着き、左手には黒鞘に納まった剣――夢じゃない、か。

「せ、先生っ！」「アレンっ！」

慌てた様子でティナ、シェリルが近くへ駆け寄って来た。

アーサーも立ち上がり、空を見上げている。

――良かった、みんな無事のようだ。

剣を納めたリディヤが僕の隣に立つ。

「終わったの？」

「うん。リルとキフネさんも帰ったよ。今度会うのは魔王府だってさ」

魔力感知も完全に復活している。外の戦闘も終結したようだ。

全員無事っ！　良かったっ‼

シェリルがアトラとリアを抱きしめ、小首を傾げる。

「で――その子は誰なの、アレン？」

「あ………う～」

未だ左足に抱き着いたままの、鳥羽交じりの長い蒼髪で白服を着た幼女が身体を小さくし、唸った。

幼女の頭をぽん、とする。

「僕達の恩人ですよ。恥ずかしがり屋の」

「「レナ～♪」」「！　もしかして⁉」

アトラとリアが歌い、ティナが口元を押さえた。

僕は降り注ぐ花弁を見つめ、微笑んだ。

「さ、僕達も移動しましょう。水都や王都と同じなら――此処もきっとすぐに神域化します。急がないと、外のみんなが突入して来そうですから」

# エピローグ

「じゃあ、エリーとフェリシアは王都。リィネとテト達はまだ南都にいるんだね？」

「ええ、そうよ。エリーにはこっちに来ていない研究室の子達をつけてきたし、帰る頃には何かしらの成果が出ているんじゃない？　ほら詰めてー」

　アーサー達との会議から帰って来た剣士服姿のリディヤはそう言うと、工都ロートリンゲン家屋敷の庭に出された長椅子に座り、僕の肩へ自分の左肩をくっつけてきた。

　空は快晴。純白の蒼翠グリフォンと黒グリフォン達が気持ち良さそうに飛んでいる。

「書きにくいよ」「やーだ。ふふふ～♪」

　鼻唄を歌い、紅髪の公女殿下が両足を動かす。上機嫌で何より。

　工都の激戦から早二日が経った。

『あんたは休暇よ。面倒事は私達がするわ』『アレン、これは正式な命令よ！』

　今回は倒れずに済んだものの、リディヤとシェリルには勝てず。

一切仕事をさせてもらえないので、リルとキフネさんのことをみんなに説明した後はずっと手紙を書いている。

……師匠が工都を離れる前に話をしたかったな。

「ど、どうして……何でっ！　私にお菓子を作らせてくれないんですかっ⁉　これは横暴ですっ‼　断固っ、抗議しますっ‼」

「ティナ嬢の言う通りだっ！　このような悪逆非道許されるわけがないっ‼」

窓の開いたキッチンから、ティナとリドリーさんの激しい抗議が聴こえてきた。

すぐ、ステラとカレン、リリーさんが反論する。

「ティナ、駄目よ」「エリーの『**ティナ御嬢様**（おじょうさま）**の御世話**（おせわ）**の仕方――改訂第五版**』によると、料理関係は『絶対禁止！』と書かれているわね」「『剣聖』様は手を動かしましょうね～？　実家へ反省文を送らないといけないんですから。近衛（このえ）騎士団と関係各家にもです★」

「「グヌヌ！」」

平和だなぁ。紅髪の少女に優しく頭を撫（な）でられながら、目を瞑る。

――先の工都決戦で僕達は辛（かろ）うじて勝利を収めた。

既に南部の封鎖も解かれ、王国との連絡線は回復している。

ただし……マイルズ・タリトーとイゾルデ・タリトーの行方は不明。

近衛騎士団とシェリル直属護衛隊、僕とリディヤの後輩であるスセ・グレンビシー達が、使徒イブシヌルとイフルを依然追撃中らしいけれど、捕縛は難しそうだ。
ゼルを含む上位使徒達に到っては、追跡すら出来ていない。……一人でも捕えることが出来ていれば。

「♪」

庭の中央で白狼のシフォンに遊んでもらっていた、何故かハワード公爵家のメイド服を着たアトラとリアが楽しそうに歌い出した。とても愛らしい。

木の陰に隠れている鳥羽交じりの長い蒼髪の幼女も含め、黒髪三つ編みメイドのチトセさんがアトラ達を見守ってくれているのを確認し、僕はペンを措いた。

エルンスト会頭が救出されたことは、魔法通信で王都へ報せたけれど、今日中にフェリシアにも手紙を出さないと。『天鷹商会』会頭と交渉してくれたリィネにも。

「ああ——そうだ。その剣だけど」

テーブル上の黒鞘をリディヤの細い指が撫でた。

……とても嫌な予感。

僕へ髪紐を手渡し、紅髪の公女殿下は何でもないかのように結論を伝えてきた。

「正式にあんたへ譲渡されることになったから。『花竜』の力で神域と化した建国記念府跡地下もね。ララノア側も全て了承済みよ」

「なっ⁉　ろ、露骨な権力の行使反対っ！　――そうだ。剣はカレンへ」

「押し付けられそうになったら、御義母様と御義父様を巻き込むそうよ。帰りに東都へ立ち寄ってお会いしたいわね。さ、結んで」

駄目だ勝てない。ど、どうすれば……。

リディヤの美しい髪を結っていると、長い金髪の美少女が会議から戻って来た。

「楽しそうね。アレン。ただいま」

「……おかえり、シェリル。頭を抱えていたところだよ」

「はぁっ⁉　世界で一番可愛い御主人様のお世話をしているのに、どーして頭を抱えるのよ？　そこは――きゃっ」

不満を口にしたリディヤの手を、お澄まし顔の王女殿下が掴んだ次の瞬間！　紅髪の少女は宙を舞い、シフォンのモフモフなお腹へと突っ込んだ。

幾重にも魔法障壁を張り巡らせ、シェリルが僕の隣へ着席する。

「はい、これ。中身は神域と剣の正式譲渡についてね」

差し出された書簡を恐々裏返す。

裏に捺されているのはアディソン侯爵家の公的な蝋印だ。アーティの署名もある。

「くっ！　は、腹黒王女っ‼　何よこの頑丈な魔法障壁はっ⁉」

リディヤが叫び、アトラ達は興味津々だ。チトセさんと木に隠れているレナも。

「ねぇ、アレン」「〜〜っ！」

白い手が僕の頰に触れた。紅髪の公女殿下が声にならない声をあげる。

控え目な、けれど少し不安そうな問いかけ。

「私――貴方の役に立てたかしら？」

何だそんなことか。

僕は美しき王女殿下の前へ回り込んで片膝をつき、仰々しく頭を垂れる。

「無論です――シェリル・ウェインライト王女殿下。貴女様の来援に心から感謝を」

「そ、なら良かったわ。『王女殿下』は禁止だけど」

僕の同期生は安堵したようで表情を綻ばせた。真面目な子なのだ。

「あ、そうだったわ。ねぇ、アレン。一つお願いを聞いて欲しいんだけど」

そう言って立ち上がると、シェリルは僕の手を両手で握り締めた。

薄らと頰を染め、将来の女王陛下が上目遣い。

「『シェリル、頑張ったね。頼りにしているよ』――ほら、はやくぅ〜♪」

「え、えーっと……」「**くっ！　こ、こんなものっ！！！！**」

切羽詰まったリディヤが『火焔鳥（かえんちょう）』を紡（つむ）ぎ始める。

けれど、緊張した様子のシェリルは僕をじーっと見つめるだけだ。

『狼（おおかみ）族のアレン、私の……友達になってくださいますか？』

初めて話した、水色屋根のカフェでもそうだったな。

シェリル・ウェインライト王女殿下は真っすぐなのだ。今も昔も。

植物魔法で白い花飾りを生み出し、僕は少女の前髪に着けた。

「シェリルは頑張ったよ。頼りにしてる、本当だよ」

「！　そ、そう。ならいいの。──良しっ！　まだ、勝負はついていないみたいね♪」

**「そこまでよっ！」**

障壁を突破し、疾風となったリディヤに抱きしめられ、頰をつねられる。

「……この浮気者（うわきもの）お……」

「ふ、不可抗力、だと思う」「リディヤっ！　今は私の番でしょうっ⁉」

「五月蝿（うるさ）いわよ、腹黒王女！　ふんっ。ちょっと褒められたくらいで、そんなに頰を真っ赤にするなんて、小（ち）っちゃいのよりもお子様なんだから」

あ、まずい。

「…………フフ……ウフフ…………」

案の定、シェリルは怒りで身体を震わせ、不気味な笑い声をあげ始めた。

光花と炎羽がぶつかり合う中、金髪の王女殿下は戦闘態勢へと移行する。

「今日という今日は許さないわ……私のっ！　専属調査官から離れなさいっ‼　公的には無関係なリディヤ・リンスターさんっ!!!」

「！　ま、また無関係って言ったわねっ⁉　上等よっ!!!」

「……あ～、程々にね？」

じゃれ合いを始めた同期生達を放置し、僕は近くへやって来たレナへ話しかける。

「アトラとリアが気になるんだったら一緒に遊んでもいいと思うよ？」「！」

ティナが成長した故か。はたまた別の要因か。

遂に顕現を果たした幼女はその場であたふたし、腕を組んでそっぽを向いた。

「べ、別に羨ましくないぞっ！　我は大星霊『氷鶴』なのだぞ？　うやまえ‼」

「うんうん、そうだね。アトラー、リアー。レナが一緒に遊びたいみたいだよ？」

「！　あそぶ～♪」「な、汝ぃ⁉」

浮遊魔法で蒼髪幼女を浮かばせ、アトラ達に向けて背を押す。良しっ！

和んでいると、屋敷の扉が開き薄蒼髪の少女が外へ出て来た。

髪はすっかり元通りで、私服にエプロンを着けている。

「先生ぃ……」

真っすぐ僕の下へやって来るや、ティナは荒々しく隣へ腰かけた。

「御姉様達が酷いんですっ！　私だって先生へお菓子や手料理を——」「アレン！」

少女の訴えは、帰って来たアーサー・ロートリンゲンの叫びで掻き消された。

驚き僕の左腕に抱き着いたティナと、シフォンの陰に隠れたアトラ達を見て「……すまない」と、腰に無銘の剣を提げた英雄はばつが悪そうに謝り、金髪を掻き乱す。

「アレン様？」「兄さん？」

大声に驚いたのか、私服にエプロン姿のステラとカレンも外へ出て来た。

リリーさんとリドリーさんは口喧嘩をしているようだし、後で伝えれば良いか。

じゃれ合いを中断したリディヤ達に手で促されたので、僕は口火を切る。

「何かあったんですか？　アーサー」

「大事だっ！　三日前の夜……ユースティンの皇都が聖霊教の使徒達に襲撃され、『勇者』殿と偶々滞在されていた『花天』殿が交戦した」

『っ⁉』

僕達が工都で【偽神】と戦った前夜の話か……。

アーサーが懐に手を入れ、深刻そうに続ける。

「激烈な戦闘の後、使徒首座と吸血姫を撤退に追い込み――」

右手の腕輪と指輪、机上の剣が微かに反応した。

「使徒次席『黒花』イオ・ロックフィールドを捕えたようだ。皇都から――お前宛だ」


ロートリンゲンの庭に静寂が降りる。

あの『黒花』を捕えた⁉

アーサーが紙片を差し出してきたので受け取ると、指に微かな雷。

――『勇者』アリス・アルヴァーンの魔力だ。

紙片に魔力を込めると、文字が現れていく。

**『アレン、話がある。皇都へ来て』**

「同志……」「アリスさん……」「兄さん、どうしますか？」

浅からぬ縁を持つティナとステラは憂い顔になり、カレンも深刻そうだ。

……皇都へ行くのは不可能じゃない。

けど、本当にその選択は正しいのか？　これも偽聖女が仕組んだ罠なんじゃ。

「フッハッハッハッ！　どうした妹よっ‼　それでもリンスターのメイドかっ!!!」

「ま、負けませんっ！　わ、私は――私はアレンさんのメイドさんになるんですっ！」

『――ぷっ』

どういう経緯なのか、兄妹(きょうだい)でお菓子作りを開始した二人にみんなして吹き出すと、空気が軽くなった。思い悩んでも仕方ない。必要なのは行動だ。

「♪」「こっち～」「ひ、引っ張るでない」

アトラとリアに手を引かれ、レナが駆けて来る。

『七竜』『意思持つ神杖(しんじょう)』『八大公家』『大精霊』『儀式場』『シキ家の書庫』。ロスの言っていた『アッシュフィールド』と『アッシュハート』。

そして――『鍵』。

アリスに聞きたいことは山程ある。向き合う時がやって来たのだ。

懐中時計を手に取ると、紫リボンが揺れた。

父さん達に会うのはもう少し先になりそうだ。

*

「駄目ですっ、イフルっ！　そんなこと――認められませんっ‼」

「……イブシヌル」

ララノア共和国東端の名も無き廃堂。

私は石壁に背を預けたきり、自力で動けなくなった盟友の提案——見捨てて先へ進むことを拒絶する。ようやく追手を振り切ったのだ。こんな所でっ！

——工都からの撤退戦は熾烈を極めた。

敵は少数だからこそ精鋭で、手負いの私達は苦戦を強いられたのだ。

ハワードのメイド達や、教授の研究生達。……オリー・ウォーカーとオーウェン・オルブライトがあれ程の化け物だったとはっ。盟友がくぐもった声で嗤う。

「……レーモン。私は、廃王子のような化け物にはなりたくはない、ぞ……？」

「ですがっ！」「頼みがある——耳を」

請われるがまま、耳を寄せると、痛いくらいに左手を摑まれた。

「（私が死んだら——）」「？」

手の内に紋章が沈んでいく。

これは月神教の⁉

訳も分からず言葉を待つと、ホッシの力が弱まった。

「（……『天鷹商会』会頭に届くよう、手配……エルゼ殿……彼女の仇を……）」

「？　どういうこと——ホッシ？　**ホッシっ！！！！**」

腕がだらりと下がり、盟友は目を閉じた。魔法式が身体全体を覆っていく。

暴走が始まったのだ。

「くそっ！　まだ、何か手がっ‼」「そいつはもう無理だ」

冷ややかな声が降って来た。

石壁の上で白髪紅眼の青年が私達を見下ろしている。

「レニエ殿っ！　御無事でしたかっ」

ゼルベルト・レニエは使徒第四席。

私の知らない魔法や秘術を——血光が走り、隣のイフルを貫いた。

盟友の身体が石壁ごと崩れ落ち、黒血が生きているかのように藻掻く。

「——**っ！？！！　な、何を、何をっ！！！！！！！！！！！**」

私は絶叫し、目を見開いた。

地面へ降り立ったレニエが眼鏡を指で直す。

「せめての慈悲だ。ついでと言っては何だが——お前さんもな」

「——っ！」

身体を捻り、背中から振り下ろされた血刃を辛うじて躱す。

後先考えず身体強化魔法を多重発動し、片刃の短剣を抜き放ち、私は怒声を発した。

「**イゾルデ・タリトーっ！！！**」

「あら？　躱されてしまいました」

口元を手で押さえた、使徒の純白ローブを身に着けた吸血姫が空中で小首を傾げる。

心の底から恐ろしく、悍ましい。

「……楽に殺してやれよ、面倒だな」

レニエが苦々し気に左手を振った。

血刃が再生しようとしていたホッシへ殺到し、黒盾ごと切断した。魔力が霧散する。

「っ！」

「お前さんの部下、ルパード元伯……だったか？　奴は良い仕事をしてくれた。イフルが背教者だったとはなぁ。で、お前さんはそのイフルの盟友。粛清の理由には十分だ。空いた使徒の席にはイゾルデとマイルズが」

「御父様の使徒名は『イズ』ですよ♪」「……が座る、らしい」

ホッシが背教者⁉　私と共に『奇跡』をこの目で見た、友がっ！？！！

では……では………………私の友人が使徒になったのはっ。

『天鷹商会会頭へ』

　悟られぬよう短剣を突き付け、問う。

「私は故国を裏切ってまで、聖女様の為に働いたのですよ⁉」

「おいおい？　らしくないぜー。上位使徒達の苛烈さ、お前も知ってるよな？　ま、『蘇生』が完成したら蘇れるだろ？　大人しく殉教しとけ」

　余りにも軽薄な口調だ。聖女への敬意は微塵もない。

　左肩に降り立った小鳥の頭を撫で、半吸血鬼は手に血刃を出現させた。

「それが嫌なら、逃げ延びてみせろよ、レーモン・ディスペンサー。人生、何が起こるか分からないよな？　同情するぜ。……いくぞ」

＊

「グレゴリー坊ちゃま——使徒同士が交戦を開始しました。如何致しますか？」

　報告の間も、幾つかの監視用魔法生物が魔力の余波で消し飛ぶ中、私は外套姿の主——グレゴリー・オルグレン公子殿下へ伺いを立てた。

廃堂と、私達がいる森に飲み込まれかけている監視塔とは十分以上に距離があり、全力で認識阻害と囮を用いているものの、使徒相手ともなれば心もとない。

暫しの逡巡があり、オルグレンの動乱以降、ぐっと大人びた主が口を開かれる。

「イト、距離を保ち」「小鳥だ」

「！」

即座に臨戦態勢を取り、主の前へ。

闇の中からゆっくりと人影が露わになり、坊ちゃまが目を細められた。

「……ボロボロの外套を羽織った狐族の老人。そうか、お前が魔王の伝えてきた」

獣耳と特徴的な尻尾を持つ老人が、白い眉を動かす。

「彼奴等の周囲を飛ぶ小鳥の魔力を収集しておけ。『聖女』を名乗る者の魔法生物かもしれぬ。……狐族のフゲンだ。不快極まるがお前達の旅路に同行する。聖霊教に復讐する為ならば、この程度は呑み込む器を得ているだろうな？　オルグレンの元公子よ」

# あとがき

半年ぶりの御挨拶、七野りくです。
言い訳はしません。本当に難産でした。
初稿から約百頁の削りは苦行ですね……。
それでも頁が増えました。どうしても必要だと判断した為です。
十六巻は特別な巻なので。
最後の挿絵に刮目せよっ！
本作はＷＥＢ小説サイト『カクヨム』で連載中のものに、加筆したものです。
――加筆です。

内容について。
前巻は狼聖女でしたが、今巻は王女殿下が暴れる、暴れる。
結局、表紙すらも奪取していきました。

えーっと……貴女、不憫系だったのでは？

基本的に本作品、作者の味方は偽聖女様だけなので油断なりません。

九巻の彼シャツに続き、今巻では彼コートを達成した彼女とは、話し合いが必要だと思っています。……零稿段階では、それ妹さんの予定だったんですよ？

十七巻もどうなることやら。御期待ください。


宣伝です。

皆様の応援のお陰で、『公女殿下の家庭教師』アニメ化決定しました！

滅多にないことだと思うので、放映を楽しみに待ちたいと思います。


お世話になった方々へ謝辞を。

担当編集様、大変ご面倒おかけしました。頭を下げることしか、ですね。

ｃｕｒａ先生、表紙の構図カッコいいですっ！

ここまで読んで下さった全ての読者様にめいっぱいの感謝を。

また、お会い出来るのを楽しみにしています。忘れず次の頁も捲ってくださいね。

七野りく

# 月魔

「やはり、問題はありません。アーサー、そろそろ私は屋敷へ戻りますよ？」
「そうか……付き合わせてすまなかったな、エルナー」

ララノア共和国首府工房都市『タバサ』。

騒乱中、聖霊教の使徒達とマイルズ・タリトーが頻繁に出入りしていたという、西部地区の教会を見聞していた私は、魔杖を持つ従妹兼許嫁に応じた。

年代物のステンドグラスから見えるのは壮麗な月。壁の魔力灯が淡い光を放つ。

『念には念を入れて調査をお願いします。残置魔法があるかもしれません』

先日、急遽工都を去ったアレンの言により、戦後処理で多忙極まるエルナーを連れ出したのだが……教会内を眺める。

登壇台や本来なら整然と並んでいるだろう長椅子は全て接収され、酷く寒々しい。

エルナーが自然な動作で私の左腕を抱きかかえる。

「アレンさん達のことを考えているんですか？」

「ああ。……リドリーも強制的に連れて行かれて、屋敷が静かになってしまったな」

私はどんな宝石よりも美しい許嫁の金銀瞳を覗き込み、笑う。

中央の一際大きいステンドグラスが魔力灯と光を反射した。

描かれているのは聖女が竜を蘇らせる場面のようだ。

剣の柄に触れる。『篝月』『狐月』の代わりも探さねば。

「多少なりとも古の歴史を知る私とお前でも理解出来ぬ『儀式場』を用い、神亡き世界に【偽神】すらも創り出した……聖霊教は危険だ。座視することは到底出来ない。王都との連絡を密にすると共に、ユースティンとの講和も早急に進める必要がある」

「……そうですね」

隣から低い声での相槌。うむ？

目線を向けると、大魔法士『天賢』は頰を子供のように膨らませていた。

「エルナー？」「アーサー」

前へと回り込み、魔杖を自分の胸に押し付ける。

「次の戦いは私が貴方を守ります。アレンさんには負けませんからっ！」

先日の戦いにおいては、『花天』の魔法発動と全軍の指揮を執らなければならず、前線へ出られなかったことに不満を抱いていたようだ。

幼い頃から私達はずっと一緒だった。きっとこれからもそうなのだろう。

ララノアの『天剣』と『天賢』は二人で一対。揃えば敗北はなしっ！

私はその場で片膝をつき、エルナーの左手を取り唇を落とす。

「頼みます——我が愛しき姫」

見る見る内に顔と首筋を真っ赤にした大魔法士は「う～」と小さく唸った。

左手を右手で抱え踵を返す。

「もうっ！　……早く帰って来てくださいね。夕食を作って待っていますから」

「最後にもう一度見回ったら追いかける。約束する」

華奢な背中へ応じると、エルナーは振り向かずに魔杖を幾度か振り——光に包まれ消えた。転移魔法を使ったのだ。

「さて、と」

私は独りで教会内を再度探索する。

混乱が収まるまでの間、アディソン侯は首府に夜間外出禁止令を発せられた。

聴こえてくるのは風と、軍靴の硬質な音だけだ。

教会中央へと到り、地面に描かれた『八花』の魔法陣に指で触れる。

――何も起きない。

アレンでも、予想の一つや二つ外れることもある、か。

「こんばんは――ララノアの守護神様。月が綺麗な夜ですね」

聞いたことのない少女の涼やかな声が教会に響いた。

……気配はなかった。

エルナーが十重二十重に張り巡らせている探知魔法にも、引っかからないとは。

剣の柄に手をやり、肩越しに冷たく問う。

「何者だ？」

閉じられた教会入り口前に立っていたのは、純白のフード付きローブを身に纏った小柄な少女。首に古いペンダントを提げているが徒手だ。

長い灰白髪は月光を吸い込んでいるかのように見え、直感が最大警戒を告げた。

「聖霊教の使徒かっ！」

私は剣を躊躇なく抜き放つ。よもや、これ程早く次の一手を。

少女が唇を歪め——嗤う。

「まぁ、怖い御顔。私のようなか弱い女は震えてしまいます。場所を移しましょう」

「っ！？！！」

足下の魔法陣から瞬間的に広がった漆黒の闇に呑み込まれ——頬を雪風が撫でた。

周囲に転がっているのは様々な形の岩石。淡い魔力光を放っている。

地面は薄い雪に覆われ、建物はおろか、樹木すら見えない。

周囲にはぼんやりとした光が漂い、引っ切り無しに星が墜ちていく。

「……此処は……」

ギィ、という扉の開く音。

振り返ると、『黒扉』から少女が姿を現した。唇を歪め嗤う。

「星の果てにある名も無き荒野ですよ、英雄様。人の身でこの地へ到った方は、神代以降だと数える程でしょう」

一歩一歩近づいて来る度、魔力が爆発的に溢れ、黒茨も広がっていく。

これは【偽神】の⁉

「貴様はもしや」

「私のアレンは凄かったでしょう？　あの人は不可能を可能にするんです。……でも」

立ち止まった少女は私を無視し、フードの縁を上げた。身体が硬直する。

金の瞳の奥には底知れない邪悪。

「貴方は邪魔です」

可愛らしいとすら思える声色が逆に恐ろしい。

両手を合わせ、灰白髪の少女が頰を緩める。

「【偽神】を私のアレンが鎮めるのは分かっていました。シキの偽聖剣と、厄介なロートリンゲンの双聖剣が使えなくなることもです」

――……おかしい。

転移させられようとも空には月があり、光もある。互いの影の視認は容易だ。

にも拘わらず、少女の影が大き過ぎる。

「だけど、途中ではたと気付いたんです。『貴方まで死なずに生き残ってしまったらどうしよう』って。アスターの計画通りになると私、困ってしまうんです」

聖霊教使徒首座にして『賢者』を名乗るアスター・エーテルフィールド。

実質的な長に対しこの態度を取る――聖霊教の『聖女』かっ！

「そこで思い付いたんです。『あ、そうだ。私がアーサー・ロートリンゲンを殺せばいいんだ』って。だから、教会に『罠』を張ってみたんです。愚かな貴方達はともかく、私のアレンならきっと調べるよう指示を出してくれますし？」

剣に光刃を纏わせ返す。

「そう簡単に出来るとでも？」

「出来ますよ？　だってぇ～」

――私達は貴方よりもずっと強いので。

生きてきた中で最大の寒気が背筋を貫いた。

黒茨が一帯を覆いきる前に全力で後方へ跳び、岩の上に退避。

少女の巨大な影が膨らみ、空中へと躍り出る。

月が覆い隠され、私は愕然とした。

「……『黒竜』…………？」

左右に漆黒の三眼。中央の一眼には斬撃の傷跡。四翼の筈だが一翼は欠けている。

首には少女の影から伸びた黒茨が纏わりつき、自由な行動を阻害している。

星の『律』を守りし『七竜』の一角がこのようなっ！

唇を愉悦で歪め、少女は右手を横に伸ばし――握りつぶした。

「さ、一生懸命足掻いてくださいい、『天剣』アーサー・ロートリンゲン。私をその手に持つ剣で斃さなければ、貴方が守ると誓った人々も全員死ぬかもしれませんよ？」

凄まじい魔力と黒風によって、フードが外れる。

灰白髪の獣耳と大きな尻尾。

聖霊教の聖女を名乗る者が狐族だと⁉

影より這い出た灰白茨が剣翼を持つ大蛇を象っていく。

大精霊『石蛇』かっ。

「神在りし時代――星果ての地より来れり東都狐族【聖女】アトラの妹にして」

右手の中にぼんやりと影を揺らめかせる漆黒の魔杖が顕現する。

アレンの魔杖と形は酷似しているが、呪物だ。普通の魔法士が扱える代物ではない。
それこそ、伝説の【魔女】――……そうか！　目の前にいる少女は何処かの『儀式場』を用い、自ら人を止めて!!

つまり……こいつこそが始まりの一柱目っ。

道理で『創造』の魔法を知っていたわけだ。
世界を欺きし【偽神】の瞳が深紅に染まり、右手の甲と頬に『石蛇』の紋章が瞬く。

「【月魔】イリア・アッシュハートです。では――殺し合いを始めましょう」

お便りはこちらまで

〒一〇二－八一七七
ファンタジア文庫編集部気付
七野りく（様）宛
ｃｕｒａ（様）宛

# 公女殿下の家庭教師16

## 世界欺きの偽神

令和６年２月20日　初版発行

著者――七野りく

発行者――山下直久

発　行――株式会社KADOKAWA
〒102-8177
東京都千代田区富士見2-13-3
0570-002-301（ナビダイヤル）

印刷所――株式会社暁印刷

製本所――本間製本株式会社

本書の無断複製（コピー、スキャン、デジタル化等）並びに無断複製物の譲渡および配信は、著作権法上での例外を除き禁じられています。また、本書を代行業者等の第三者に依頼して複製する行為は、たとえ個人や家庭内での利用であっても一切認められておりません。

※定価はカバーに表示してあります。
●お問い合わせ
https://www.kadokawa.co.jp/（「お問い合わせ」へお進みください）
※内容によっては、お答えできない場合があります。
※サポートは日本国内のみとさせていただきます。
※Japanese text only

ISBN978-4-04-075021-7 C0193

©Riku Nanano, cura 2024
Printed in Japan

切り拓け！キミだけの王道

# ファンタジア大賞

# 原稿募集中！

**賞金**

《大賞》300万円

《金賞》50万円　《銀賞》30万円

**選考委員**

細音啓「キミと僕の最後の戦場、あるいは世界が始まる聖戦」

橘公司「デート・ア・ライブ」

羊太郎「ロクでなし魔術講師と禁忌教典（アカシックレコード）」

ファンタジア文庫編集長

後期締切 2月末日

前期締切 8月末日

公式サイトはこちら！ https://www.fantasiataisho.com/

イラスト/つなこ 猫鍋蒼 三嶋くろね